大學文學錦囊

僑光科技大學國文編輯委員會 編著

僑光科技大學通識教育中心

■ 國家圖書館出版品預行編目(CIP)資料

大學文學錦囊 / 僑光科技大學國文編輯委員會編著.
-- 初版. -- 臺中市：僑光科大通識教育中心, 2020.09
　　面；　公分
　ISBN 978-986-5735-09-8(平裝)

　1.國文科 2.讀本

836　　　　　　　　　　　　　109010503

大學文學錦囊

初版一刷・2020年9月　　　初版二刷・2022年9月

編著	僑光科技大學國文編輯委員會
責任編輯	林瑜璇
發行人	余致力
出版者	僑光科技大學通識教育中心
地址	407805臺中市西屯區僑光路100號
電話	04-27016855轉2182
合作出版者	麗文文化事業股份有限公司
地址	802019高雄市苓雅區五福一路57號2樓之2
電話	07-2265267
傳真	07-2264697
網址	www.liwen.com.tw
電子信箱	liwen@liwen.com.tw
劃撥帳號	41423894
購書專線	07-2265267轉236

行政院新聞局出版事業登記證局版台業字第5692號

ISBN　978-986-5735-09-8（平裝）

定價：320元

序：錦囊藏絕技

　　《大學文學錦囊》的脫胎換骨，蛻變自《大學文學漫步》與《大學文學遨遊》的長期探索與醞釀。從文學花園的漫步、文學天地的遨遊，到如今文學錦囊的深情相授，主題繽紛的文學盛宴，已搖身一變，成了邊玩邊學的機智闖關。

　　錦囊，是錦緞製成的布袋，古人用來收集靈感閃現的詩句，或者預贈神謀妙策的字條。而《大學文學錦囊》所藏的則是，可即學即用的文學絕技，從當下的校園學習生活，乃至走出校門的職場生涯，皆能應用自如，得心應手。身處資訊爆炸的時代，知識搜尋即有，最需要學的是，如何快速吸收消化，汰蕪存菁，隨口轉述，現學現用。

　　學習要符合年輕學子的興趣，所以起手式便是取材 HowHow 這位臺灣知名 YouTuber 的書，具體引導學生撰寫影音創作腳本的方法，讓他們能夠按部就班地成為他們嚮往已久的 YouTuber。先從場景較易掌控的開箱腳本學起，再從文言遊記的布局與選材，觸類旁通地領會需要預留彈性的旅遊短片腳本寫作要領。同時順便熟悉一下文言文異於語體文的遣詞造句方式。各單元裡共藏有五篇文言課文，以能力學習為主軸，順帶一點一滴地學習文言文，在不知不覺中，取得開啟傳統文化智慧寶庫的鑰匙。其實，全書各單元都在充實 YouTuber 所需的諸種文學技能。

　　學習需要下功夫，寫筆記便是學習最扎實的功夫。為此，《大學文學錦囊》全書課文都留有筆記欄，藉由每一篇課文都引領學生寫筆記，逐漸養成學生寫筆記的習慣。而且為奠定「簡報力」的基礎，循循善誘地指導學生寫筆記的訣竅。「筆記力」訓練的目的，在為整個國文學習打椿。我們期望的是，不僅國文課寫筆記，推而廣之，其他課程亦比照辦理。這樣將能有效深化大學生的學習，大學生的程度可望顯著提升。當學生上每門課時都在埋首寫筆記，上課看手機、玩手遊的壞習慣就會戒斷，上課不專心的老毛病也就不藥而癒了。

　　訓練「筆記力」的同時，還兼具「論述力」的訓練，所以本書所訓練的能力，不只有目次羅列的腳本力、簡報力、採訪力、敘事力、創作力、體察力、聲引力（聲音吸引力）等七種。在在顯示，老師們已傾囊相授，就等待大學生來個特訓。當他們學會種種文學絕技之後，自能當上學用合一的實力學霸，日後個個都是社會菁英。整體而言，《大學文學錦囊》是「菁英力」的紮實訓練。

僑光科技大學通識教育中心國文編輯委員會

中華民國一○九年七月二十八日

目次

單元 **1**
腳本力

1.0 | 導讀

吳賢俊　導讀

1.0.1　網路時代自媒體興起

進入網路時代之後，小眾化的自媒體（We Media，也叫「個人媒體」）有如雨後春筍。從電子佈告欄（Bulletin Board System，簡稱 BBS）、網上日誌（Blog，音譯「部落格」）、影像網誌（Video blog，簡稱 Vlog）、臉書（Facebook）粉絲專頁（Fan page），到 YouTuber、Instagramer、直播主的網路短片，影音逐漸取代文字和圖片，大眾全新的閱聽習慣，在不知不覺中養成。

五花八門的網路短片提供多樣化的選擇，大可依照自己的閒暇時間，不受空間限制，從中自由選擇有興趣的來觀賞。今天在臺灣，網路短片的觀看早已跨越年齡界線，成為全民活動。

YouTube 這個全球最早、使用人數最多的網路影音平台，並不自製節目，而讓用戶上傳短片。用戶註冊上傳門檻相當低，只要有心經營，都能成為 YouTuber——利用 YouTube 播放自製影音創作的人。

YouTube 的開放特性，改變了媒體生態。YouTuber 播放的自製影音創作，跳脫傳統媒體產製模式，各自展現小眾化特色，涵蓋遊戲、整人、開箱、知識、美妝、穿搭、旅遊……不勝枚舉。

互聯網帶來資訊爆炸，產品訊息雖然容易取得，但選定產品的時間也因而劇增，「開箱」導購短片，應需求而出現。產品知識與使用經驗的開箱分享，既能快速滿足購物資訊需求，同時又在共鳴與認同中，讓心情喜悅，於是引起熱切追蹤，關注度飆升。

每個世代的年輕人都不免有其傾慕的青春偶像，當主流媒體無法滿足年輕族群的期待，年輕影音創作者與年輕網友年齡相仿，喜歡的事物相似，又能運用彼此熟悉的語言溝通，整個世代瀰漫同樣情懷，歸屬感油然而生，年輕「網紅」（「網路紅人」簡稱）自然而然地成為年輕人的青春偶像。

1.0.2　影音創作的腳本需求

當動態網路短片的浪潮，淹沒了以文字為主的靜態網誌，文字悄悄被影音取代了。然而，不可忽視的是，文字對網路影音創作，至少仍具有輔助功能。

自有影視作品以來，影視腳本就相伴而存。影視腳本的作用，在於捕抓最佳畫面，並一氣呵成地完成拍攝。同樣理由，網路影音創作也需要腳本。

腳本就是一個拍攝框架。將拍攝流程標準化之後，就能更有效率地拍攝網路影音作品，並可作為後期剪輯的參照，使剪輯輕鬆容易。對於字幕的製作，也因有所依循，而順利許多。

1.0.3　腳本力的二階段鍛鍊

網路短片人人都可創作，將短片上傳 YouTube 播出的門檻又低，何況還可創造網紅商機，年輕網友不免躍躍欲試，只是不知從何著手拍攝短片。其實，不妨從學寫腳本開始，如此即可按部就班地開始拍攝短片。

本單元提供短片腳本的二階段訓練。先從場景較易掌控的開箱腳本學起，再進一步學習需要預留彈性的旅遊短片腳本。學習目的在於強化「腳本力」（寫腳本的能力），協助同學著手進行個性化的網路影音創作。

1.1 開箱

吳賢俊　編撰

1.1.1　解題

　　開箱文源自於「開箱評測」這個屬於 3C 愛好者的流行「儀式」。早在 2005 年 YouTube 誕生之前，3C 愛好者就習慣於熱情地曬出自己買到的電子產品。

　　開箱文可以是三、四十張照片，配合文字敘述；也可以是一段十分鐘的影片，記錄開箱那一刻的興奮，分享自己的使用體驗，討論這產品讓人驚喜乃至不足之處。

　　後來還演變出有趣的「真人開箱文」──整齊排列全套裝備並配以相關人員躺在其間的空拍圖。

　　臺灣知名 YouTuber，網路綽號 HowHow，於 2018 年出版了《How Fun！如何爽當 YouTuber：一起開心拍片接業配！》（高寶出版），慷慨分享當 YouTuber 需要具備的基本知識。從拍片的分鏡，到接業配的合約細節，鉅細靡遺。他在書中循循善誘地教立志當 YouTuber 的人寫腳本。接洽 HowHow，取得授權，經節錄微調之後，就成了本單元第一課。

1.1.2　作者

HowHow 本名陳孜昊，1989 年 4 月 20 日，出生於臺北縣金山鄉（今新北市金山區）。先後畢業於國立臺灣師範大學附屬高級中學、國立政治大學經濟系。曾留學美國，獲薩凡納藝術設計學院（Savannah College of Arts and Design）動畫與視覺特效藝術碩士（Master of Fine Arts in Animation & Visual Effects）。

2007 年才讀大一，就開設 YouTube 頻道「HowFun」（名字取自陳孜昊的「昊」以及大學同學葉大方的「方」的諧音），上傳和朋友拍的惡搞短片。

大學畢業後，為爸媽開設的「大鵬幼兒園」，製作宣傳影片《我們畢典要表演什麼》。於 2013 年 6 月 24 日上傳 YouTube 後，由於幽默風趣，廣受網友喜愛，不斷被轉載而爆紅，觀看次數超過兩百萬。

2015 年暑假，受國際電子大廠三星（Samsung）之邀，以 YouTuber 身分前往紐約，拍攝一系列新機發表業配。從此讓他當上全職 YouTuber，並走上業配之路。HowHow 打破傳統業配文既定模式而別具一格，網路評價為「唯一讓人可以看完的業配影片」，擁有「業配之神」的美名。

HowHow 作品多元，最大特色是，幾乎所有角色都是他自己扮演，以一人團隊的模式經營社群。自有一套流程，效率極高，產量驚人。他說：「比如腳本一開始就審過，那後續修改就要在符合腳本的範圍內；影片拍了，就要在後製能修的範圍內修。」接業配的重點標準之一，就是「腳本好不好發揮」。著有《How Fun！如何爽當 YouTuber：一起開心拍片接業配！》。

1.1.3　課文

當 YouTuber，先寫腳本
HowHow

　　想當 YouTuber [1]，要籌備 [2] 拍影片嗎？拍影片之前，必須寫腳本 [3] 哦！

　　任何影片，都是從腳本開始。腳本有點像是設計藍圖 [4]。腳本就是影片的文字版本。就算是生活紀錄性質的影片，很多時候也都是有腳本的哦！

　　寫腳本沒有一個制式 [5] 的規定，讓人看得懂最重要！如果是要寫給其他人看，或者要寫給廠商 [6] 看，就盡量在腳本裡面詳細說明所有事情。如果只是寫給自己看，那腳本當然只要自己看得懂就好了。舉個例子吧。

　　有一天，一個火柴人走在路上，遇到有人問他：

　　「咖哩味大便跟大便味咖哩，一定要吃一個，你要選什麼？」

　　火柴人非常苦惱，並且學柯 P [7] 抓頭，然後他就燒起來了。

1　YouTuber：在 YouTube 共享網站上傳影片、製作影片，或出現在影片中的人。

2　籌備：事先計畫準備。

3　腳本（Script）：表演戲劇、拍攝電影等所依據的底稿。

4　藍圖（Blueprint）：本指工程製圖的原圖，經過描圖、曬圖和薰圖後生成的複製品。由於圖紙是藍色的，所以被稱為「藍圖」。藍圖類似照相用的相紙，可以反覆複製新圖，而且易於保存，不會模糊、不會掉色、不易玷污。課文中使用的是引申義，指一種對未來的構想或計畫。

5　制式：按照一定規範或式樣。

6　廠商：製造或出售各種物品的商家。

7　柯 P：柯文哲的暱稱。P 即 Professor（教授）。此為臺大醫院（國立臺灣大學醫學院附設醫院的簡稱）這間教學醫院內，實習醫生對臨床教授的慣用叫法。

　　以上這個大概就是寫給自己看的腳本,非常簡單拊要。這些劇情以及畫面,其實在創作者腦中已經有一個雛形[8],自己在拍攝的時候,有這些文字做提醒,其實就可以拍影片了。

　　可是對於其他人,看到這段文字可能還是會疑惑:火柴人的造型是怎麼樣?是一個人扮演火柴嗎?還是要用 3D[9] 去做呢?火柴燒起來會怎麼呈現?所以,如果是要寫給其他人看,可以再用詳細一點的方式,寫成像下面的腳本。

地點:公園

時間:白天

口白:有一天,一個火柴人走在路上
　　　(主角穿著火柴人的造型衣,走在公園)

口白:遇到一個人問他說
　　　(火柴人看到一名男子)

男子:咖哩味大便跟大便味咖哩,一定要吃一個,你要選什麼?

口白:火柴人苦惱並且學柯 P 抓頭,然後他就燒起來了。
　　　(火柴人聽到問題深思,表情苦惱狀。並且開始抓頭,頭開始起火。火焰用特效[10]呈現。)

　　腳本寫得越清楚,在與其他人討論腳本的時候,也會比較有畫面,才更可以讓討論有效率。

8　雛形:雛是出生不久的幼鳥。雛形是借喻,借指事物初步形成的規模,未定形前的形式。

9　3D:3-dimensional 的縮寫,原指具備長、寬、高三個空間維度的立體,課文中所說的 3D,是 3D 虛擬動畫的縮略語,即三維虛擬動畫。

10　特效:特殊效果簡稱,指電影或電視劇集在拍攝製作或後期製作的過程中,無法使用自然環境或人物表現的場景和情節時,採用特殊的技術手段和方法獲得最終畫面的技術。後來納入特效領域的,包括:電腦動畫、數位立體技術。

如果你問我：「想要拍生活類型的影片，看起來很隨性[11]、很臨場[12]發揮的東西，還需要什麼腳本嗎？」

我知道很多創作者在拍對著鏡頭輕鬆講話的影片，其實是照著腳本一句一句唸，然後再去剪輯[13]啊！

但如果真的要臨場發揮呢？其實有腳本也會讓你在拍影片時更有邏輯[14]，更知道現在要幹嘛。

就拿開箱文來說好了，寫給自己看的腳本會像這樣：

1. 自我介紹。

2. 拿出箱子。

3. 開箱（要怎麼製造驚喜感）。

4. 拿出內容物[15]。（浮誇[16]？鎮定[17]？無言[18]？）

5. 開始介紹並且試用。

6. 怎麼試用？

7. 拿內容物去做創意延伸[19]。

8. 感想，結尾，叫大家訂閱頻道[20]。

---

11 隨性：不迎合大眾，也不矯揉造作，依隨自己內心真實的想法，而盡情表現。

12 臨場：在現場。

13 剪輯：將拍攝好的鏡頭加以刪剪和編排，而成為完整的影片，也稱剪接。

14 有邏輯：邏輯是 Logic 的音譯。狹義上，邏輯既指思維的規律，也指研究思維規律的學科，即邏輯學，亦稱理則學。廣義上，邏輯泛指規律，包括思維規律和客觀事物的規律。有邏輯，是說確實依照客觀事物的規律。

15 內容物：即內裝物，是指裝在箱內的東西。

16 浮誇：誇張、不符合實情。

17 鎮定：安穩、平靜。

18 無言：不說話。

19 延伸：指在寬度、大小、範圍上，向外延長、伸展。

20 訂閱頻道：每天都有極多的新短片上載到 YouTube，避免錯過最喜歡頻道發布的新短片，可輕觸「訂閱」旁的鈴鐺圖示，隨即完成訂閱頻道。此

　　以上用非常簡單的文字去提醒自己整個開箱影片的流程[21]。當然如果今天這個腳本要寫給別人看，越詳細越好。所以不管要拍什麼影片，試著先著筆[22]寫寫看腳本吧！

本文選自陳孜昊（2018），《How Fun！如何爽當 YouTuber：一起開心拍片接業配！》。臺北市：高寶國際。

本文由如何如何影像工作室授權使用。

　　後，該頻道的新短片會自動顯示在訂閱者的 YouTube 主頁上，不必搜尋。

21 流程：本指水流的路程，借喻事物進行中次序的安排。

22 著筆：著：音ㄓㄨˊ，動用。著筆即動筆，也就是寫作。

心得寫作

1.1.4 習作

班級		姓名		學號		評分	

題目： 假想自己是 YouTuber，參照 HowHow 提供的開箱文流程，寫一篇給某特定廠商看的詳細腳本，以爭取業配合約。

1.2 遊興

蔡振璋　編撰

1.2.1　解題

　　山水遊記可歸類為旅遊文學，著重旅遊體驗的分享，如此說來，和 YouTuber 拍攝的旅遊短片，豈非異曲同工？

　　若謂不同，主要在於記錄媒介有別。山水遊記是憑藉文字的想像藝術，而旅遊短片則為以運鏡為主的視聽綜合藝術。從共通處著眼，讀山水遊記，對旅遊短片腳本的撰寫，頗有提示作用。以下就舉沈德潛的〈遊虞山記〉為例，揭示旅遊短片腳本的寫作要領。

　　沈德潛是蘇州人，於六十七歲中進士之前，都在家鄉以塾師維生。虞山距離蘇州不太遠，他在四十九歲與五十四歲，曾兩度路過虞山附近，卻都未能順道一遊。這是〈遊虞山記〉開頭所透露的旅遊動機。

　　沈德潛六十歲時，決意去虞山一探究竟。找了張少弋、葉中理兩位朋友伴遊，上山的前一晚，三人先在陶氏家寄宿一夜。第二天一大早正要啟程，卻見氣候不佳，快要下雨。兩個朋友都不想去，但他仍然拿了竹杖，踩了木屐，堅持出發。

　　從城北出發，順著城邊走六、七里，就到了破山寺。寺中有唐代詩人常建的題詩，該處有個「空心潭」，名稱就源自常建的題詩。

　　從破龍澗上山，看見山勢直往上衝又裂開，紅褐色的石頭縱橫交錯。聯想到傳說中龍與神的纏鬥，彷彿是龍留下爪和角的抓撞痕跡。

　　再走四、五里，路都是層層疊疊、彎彎曲曲的，登上石徑，隨即到達山頂。山頂有許多土丘，懷疑是古代墳墓，只是沒有碑文記錄是誰的墓。登上望海墩，向東凝望。此時烏雲密布，天地迷濛，連大海也看不清楚。

　　不一會兒，下起雨來了。還好那裡有一座古寺可以躲雨。雨停了，從小路向南出發，沿途景色奇特瑰麗。兩旁齦齶般的山峰直逼雲天，險峻的大山就像被劈成兩半，兩邊的山崖對著張開，彷彿打開的兩扇門，這就是著名的劍門。實在太鮮活了，百看不

厭，沈德潛兩腳斜著站立了很久，仍不忍離開。

途中，遇見山裡的和尚，便詢問山中有何名勝值得一遊。和尚如數家珍，諸如：南面有太公石室；由南往西走，有招真宮和讀書台；由西往北走，有拂水岩，那裡水流向下奔騰，活像從天際澆灌的長長彩虹，大風逆吹，水沫向上飛濺，高達幾十丈；山的西面又有三沓石、石城、石門；虞山後面更有一個石洞通往大海，海中潛伏著不知名的生物。

由於沈德潛與和尚同是蘇州人，沈德潛聽得懂僧人的鄉音。正想問路，好前往遊玩，就在此時，風起雲湧，寒冷異常，不時飄雨，打濕衣服，片刻難留。

等雨稍停，就趕緊從虞山的正面下山，困頓疲憊地踏上歸途。

春雨接連下了二十多天，想緊接著再次去虞山一趟，遊玩和尚所推薦的名勝，也無法成行了。

以上這段真切的旅遊體驗，就是〈遊虞山記〉的主體。

意猶未盡，不免遺憾。然而，想深一層，如果當日天朗氣爽，能痛快暢遊一遭，往往玩過後就馬上淡忘，也不會留下多少令人懷想的興味了。

其實，豈止遊山玩水是如此，人生有心願未遂，正可留下美好的想像空間。〈遊虞山記〉就以這深刻的人生感悟作為結語。

〈遊虞山記〉分為引言、主體、結語等三部分，這與 YouTuber 拍攝的旅遊短片結構相似。無論是遊記抑或旅遊短片，通常，引言交代旅遊動機，結語闡述旅遊心得。

旅遊短片與遊記不同的是，需要有拍攝地點。旅遊短片的拍攝地點，除了主體部分是必須在旅遊現場之外，開頭和末尾兩部分則不一定，也可以在攝影棚內。

旅遊短片的開頭，通常是出發前或即將開始遊玩之時的開場白。中間當然就是記錄遊玩經過的主體。至於末尾的結束語，則是遊玩結束時或事後的反芻與回想。

無可諱言，旅遊興味，古今有異，不必強同。古人愛好遊歷名勝古蹟，尋幽探祕；現代人喜歡的是隨興出發的微旅行，樂趣在挖掘私房景點。YouTuber 還會夾帶業配，介紹店舖美食或特色民宿之類，透過能見度的提升，讓業者生意興隆。可見，如能活學活用，讀山水遊記，確實可領會撰寫旅遊短片腳本的要訣。

1.2.2　作者

沈德潛（1673-1769），字碻（音ㄑㄩㄝˋ）士，號歸愚，江蘇省蘇州府長洲縣人。清代大臣、詩人、著名學者。

少年即以詩文聞名，成年後卻屢試不中。家貧，以塾師維生四十餘年。

乾隆元年（1736），開博學鴻詞科。沈德潛受薦至京，廷試落選。乾隆三年（1738），沈德潛以六十六歲（虛歲）高齡終於考中舉人。第二年又緊接著榮登進士，成為翰林院庶吉士。乾隆七年（1742）舉行庶吉士例行散館考試，沈德潛與袁枚等人同試於殿上。乾隆皇帝耳聞沈德潛詩名，稱沈德潛為「江南老名士」，任命為翰林院編修，備享榮寵，升遷快速。乾隆八年（1743），任侍讀、左庶子、侍講學士、充日講起居注官。乾隆十一年（1746），任內閣學士。乾隆十四年（1749）升禮部侍郎。乾隆二十二年（1757）加禮部尚書銜。乾隆三十年（1765），封光祿大夫、太子太傅。

乾隆三十四年（1769）病逝，享壽九十七歲（虛歲）。贈太子太師，謚文慤（音ㄑㄩㄝˋ），入祀賢良祠。好景不長，乾隆四十三年（1778），徐述夔（音ㄎㄨㄟˊ）詩案爆發。已故舉人徐述夔所著《一柱樓集》詩詞，被告發有悖逆朝廷之語，由於《一柱樓集》載有沈德潛為徐述夔所作傳記，稱徐述夔之品行文章皆可為法，使乾隆帝勃然大怒，下令「奪德潛贈官，罷祠削謚，仆其墓碑」（《清史稿》列傳 92）。由此可見，古時士大夫之榮辱，往往取決於皇帝一人之喜怒。

沈德潛著作收入《沈歸愚詩文全集》。選有《古詩源》、《唐詩別裁》、《明詩別裁》、《清詩別裁》等，流傳頗廣。

閱讀摘要

1.2.3　課文

遊虞山記

沈德潛

　　虞山[1]去[2]吳城[3]才百里，屢欲遊，未果。辛丑[4]秋，將之[5]江陰[6]，舟行山[7]下，望劍門[8]入雲際，未及登。丙午[9]春，復如[10]江陰，泊舟山麓[11]，入吾彀[12]，榜人[13]詭[14]云：「距劍門二十里。」仍未及登。

1　虞山：因商周之際江南先祖虞仲（即仲雍）死後葬於此處而得名。在今江蘇省常熟市西北方。海拔兩百六十三公尺，範圍綿延十餘里，山上奇石危崖，峻拔巍峨，峰巒迴環，林木蔥鬱。

2　去：距離。

3　吳城：商末，周泰伯南奔，創建吳城於今江蘇省蘇州市，吳城便成了蘇州的代稱。

4　辛丑：即西元 1721 年。沈德潛當時虛歲四十九歲。

5　之：前往。

6　江陰：古以水北為陽，水南為陰，故江陰意指長江南岸地區。江陰在長江三角洲太湖平原北端。

7　山：指虞山。

8　劍門：在虞山中部最高處，高度為海拔兩百六十一公尺，以石景著稱。劍門有峭壁石，相傳吳王夫差在此試劍，將石一劍劈開，形成兩扇石門。

9　丙午：即西元 1726 年。沈德潛當時虛歲五十四歲。

10　如：往。

11　山麓：山坡和周圍平地相接的部分。

12　彀：音ㄍㄡˋ，本指箭所能射到的範圍，借喻可走路到達的範圍。

13　榜人：船夫。榜：音ㄅㄥˋ，搖船的用具。

14　詭：音ㄍㄨㄟˇ，欺騙。

心得寫作

　　壬子[15]正月八日，偕張子[16]少弋、葉生[17]中理往遊，宿陶氏。明晨，天欲雨，客無意往，余已治[18]筇[19]屐[20]，不能阻。自城北沿緣六七里，入破山寺[21]，唐常建[22]詠詩[23]處，今潭名空心，取詩中意也。遂從破龍澗而上，山脈怒坼[24]，赭[25]石縱橫，神物[26]爪角[27]痕，時隱時露。相傳龍與神鬥，龍不勝，破其山而去。說近荒惑，然有跡象，似可信。

---

15 壬子：即西元 1732 年。沈德潛當時虛歲六十歲。

16 子：古代對人的尊稱；稱老師，或稱有道德、有學問的人。

17 生：長輩對晚輩的稱呼。

18 治：準備、辦理。

19 筇：音ㄑㄩㄥˊ，本指筇竹，由於筇竹可作拐杖，故「筇」成為竹杖的借代。

20 屐：音ㄐㄧ，鞋的通稱，如：木屐、草屐。

21 破山寺：即興福寺，在今江蘇常熟市西北虞山上。南朝齊邑人郴（音ㄔㄣ）州刺史倪德光舍宅所建。

22 常建：唐代詩人。

23 詠詩：指作《題破山寺後禪院》，此乃唐代詩人常建的一首題壁詩，收入《唐詩三百首》。原詩為：「清晨入古寺，初日照高林。曲徑通幽處，禪房花木深。山光悅鳥性，潭影空人心。萬籟此俱寂，唯聞鐘磬音。」

24 坼：音ㄔㄜˋ，裂開。

25 赭：音ㄓㄜˇ，紅褐色。

26 神物：此處指龍。

27 爪角：音ㄓㄠˇ ㄐㄧㄠˇ，指甲和角。

行四五里，層折而度，越巒嶺，躋[28] 蹬[29] 道，遂陟[30] 椒[31] 極。有土坏[32] 磈礧[33]，疑古時塚[34]，然無碑[35] 碣[36] 志[37] 誰某。升[38] 望海墩[39]，東向凝睇[40]，是[41] 時雲光黯[42] 甚，迷漫[43] 一色，莫辨瀛海[44]。

頃[45] 之，雨至，山有古寺可駐足，得少休憩。雨歇，取徑而南，益[46] 露奇境。齦齶[47] 摩天，嶄絕[48] 中斷，兩崖相嵌[49]，如關[50] 斯劈，如刃斯立，是為劍門。以劍州、大劍、小劍擬之，肖其形也。側足延，不忍捨去。

---

28 躋：音ㄐㄧ，登上、升上。

29 蹬：音ㄅㄥˋ，腳底踩在某物，用力往前跳。

30 陟：音ㄓˋ，登高、爬上。

31 椒：音ㄐㄧㄠ，山頂。

32 土坏：土磚。坏：音ㄆㄧ。

33 磈礧：音ㄎㄨㄟˇ ㄌㄟˇ，石塊。

34 塚：音ㄓㄨㄥˇ，墳墓。

35 碑：豎立的大石塊或木柱。

36 碣：有文字的圓形石碑，用以記載事蹟或頌揚功德等。

37 志：記載、記錄。通「誌」。

38 升：登。

39 墩：沙土堆成的高丘。

40 凝睇：注目、注視。

41 是：此、這。

42 黯：暗淡沒有光澤。

43 迷漫：漫天遍地，看不清楚。

44 瀛海：大海。

45 頃：很短的時間。

46 益：更加。

47 齦齶：音ㄧㄣˊ ㄜˋ，本指牙齦，借喻岩石崎嶇如牙齦般的高低不齊。

48 嶄絕：音ㄓㄢˇ ㄐㄩㄝˊ，險峻陡峭。嶄：高而突出。

49 嵌：音ㄑㄧㄢˋ，把東西填鑲在空隙裡。

50 關：本指門閂，借代為門。

　　遇山僧，更問名勝處。僧指南為太公石室；南而西為招真宮，為讀書台；西北為拂水岩，水下奔如虹[51]，頹風逆[52]施，倒躍而上，上拂[53]數十丈；又西有三杳石、石城、石門；山後有石洞通海，時潛海物，人莫能名。余識其言，欲問道往遊，而雲之飛浮浮，風之來列列[54]，時雨飄灑，沾衣濕裳，而余與客難暫留矣。少霽[55]，自山之面下[56]，困憊而歸。自是春陰連旬[57]，不能更[58]遊。

51　水下奔如虹：水流向下奔騰，活像從天際澆灌的長長彩虹。

52　逆：反向、顛倒。與「順」相對。

53　拂：輕輕掠過，此有飛濺之意。

54　列列：音ㄌㄧㄝˋ ㄌㄧㄝˋ，寒冷的樣子。

55　霽：音ㄐㄧˋ，雨後轉晴。

56　自山之面下：從山的正面下山。

57　旬：十天為一旬，一個月分上、中、下三旬。

58　更：再次。

噫嘻！虞山近在百里，兩經其下，未踐遊屐[59]。今之[60]其地矣，又稍識面目，而幽邃窈窕[61]，俱未探歷[62]，心甚怏怏[63]。然天下之境，涉而即得，得而輒[64]盡[65]者，始焉[66]欣欣[67]，繼焉索索[68]，欲求餘味[69]，而[70]了[71]不可得；而[72]得之甚艱，且得半而止者，轉[73]使人有無窮之思[74]也。嗚呼[75]！豈[76]獨尋山[77]也哉[78]！

---

59 未踐遊屐：遊屐指出遊時穿的木屐。未踐遊屐，就是未能踩著木屐出遊的意思。

60 之：到達。

61 幽邃窈窕：音一ㄡ ㄙㄨㄟˋ 一ㄠˇ ㄊㄧㄠˇ，幽邃和窈窕，都指幽靜偏僻的地方。

62 探歷：探賞涉歷。

63 怏怏：音一ㄤˋ 一ㄤˋ，不滿意、不快樂的樣子。

64 輒：音ㄓㄜˊ，則、即、就。

65 盡：終止。

66 焉：助詞，用於句中，表示語氣舒緩、停頓。

67 欣欣：喜悅的樣子。

68 索索：即索然無味，無聊乏味、沒有意思。

69 餘味：留下的耐人回想不盡的意味。

70 而：卻。

71 了：完全。與否定語「不」、「無」等連用，有「一點也不……」的意思。

72 而：然而、但是。

73 轉：反而，表意外或相反的連詞。

74 思：想念。

75 嗚呼：嘆詞，表示慨歎。

76 豈：難道、怎麼，表示反詰、疑問。

77 尋山：遊覽、玩賞山水景物。

78 也哉：語氣助詞，表示有所感觸而歎息。

1.2.4 習作

班級		姓名		學號		評分	

題目： 請試著寫一個微旅行的短片腳本，分引言、主體、結語等三部分，介紹一處私房景點，並夾帶業配，介紹餐廳美食、特色民宿，或其他業者經營的事業。

單元 **2**
簡報力

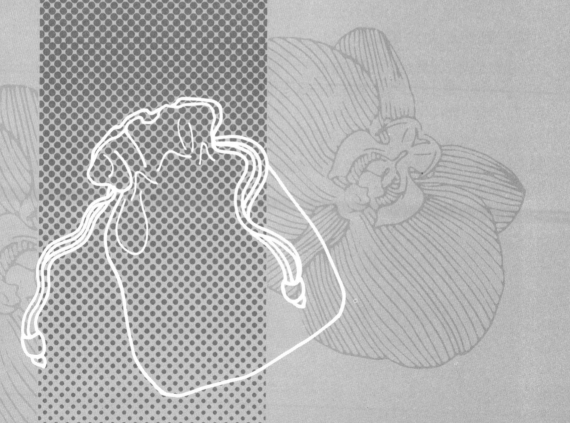

2.0 | 導讀

吳賢俊　導讀

2.0.1　簡報作用與類型

簡報旨在：讓聽眾聽懂講者在講什麼。聽眾眼看著投影片，耳聽著講者說明，相輔相成，相得益彰。

隨著簡報場合的不同，需要有所調整，主要考量簡報內容的屬性。簡報可分：介紹型、啟發型及說明型等三類。

介紹新產品時，介紹型簡報就用得上。介紹新產品特色，如能切中消費者渴望的需求，便會激起消費者的購買慾，與開箱文作用相似。想鮮明地突顯新產品的特色，就需要借助投影片的吸睛圖示。

啟發型簡報，著重於新觀念的倡導。講者在意的是：聽眾對新觀念心領神會，進而心悅誠服。講者的口述，須以清晰概念貫穿整個演講，並需要舉出若干動人心弦的事例，讓聽眾聽得如痴如醉。投影片在此僅僅扮演輔助的次要角色而已。

說明型簡報，多用於論文發表、教學講解、讀書會分享、財務報表分析⋯⋯等等，在校園中乃至職場上，有系統地傳遞知識，兼具介紹型與啟發型兩者的特色。投影片與講者口述，同等重要，簡報往往文字較多，內容較為豐富。

2.0.2　訓練「筆記力」，為「簡報力」扎根

　　無論哪類簡報，都在於呈現重點。重點的充分掌握，須先從作筆記下功夫。所以本單元先從學作筆記開始。

　　重點有層級性，從以簡馭繁的少數核心重點，到細分為幾個層級的許多次要重點，呈現樹狀結構。作筆記時，不能只抓住核心重點，更須把重點的層級結構全面整理出來。在整理過程中，逐漸對核心重點的來龍去脈，了然於心，講解簡報時，就能輕鬆自如，頭頭是道。

　　由此可知，「筆記力」可為「簡報力」奠定堅實基礎。所以本單元先從「筆記力」的訓練扎根。

2.0.3　從文言課文重點整理，鍛鍊「簡報力」

　　鍛鍊「簡報力」，需要多加練習。本單元就以整理課文重點，進行「簡報力」的學習。特別選擇較為艱深的文言課文，學習以筆記整理出重點的樹狀結構，進而製作成為傳遞系統知識的清晰簡報。

　　以筆記整理課文知識的樹狀結構，並據以製作層次分明的簡報，最後配合簡報作一聽就懂的口頭講解，將能充分消化課文內容的養分，使課文知識的吸收，從囫圇吞棗，一下子提升到深入骨髓的地步。

　　如能養成習慣，對每一課都作筆記，再製作簡報，且按照簡報進行口頭報告，將使學習深刻無比。「筆記力」與「簡報力」，可以說是學習的兩個好幫手，實宜同時訓練。

2.1 文學

石櫻櫻　編撰

2.1.1　解題

筆記古稱「札記」——古人將事物記載在木簡上的紀錄[1]。現今學生在學習過程中的要點摘記，或是課後複習的心得整理與反饋筆記，也是「札記」的一種。一份完整有系統的札記，可以充分展現學習過程中的閱讀心得與要點書寫。因此，有系統掌握寫作札記的方法，將有助於提升學習成效，具體展現個人獨特的學習領悟。本單元先介紹的「康乃爾筆記法」摘要欄，整理個人的心得觀點，積累成篇，便是一本饒富個人特色與情感的筆記書。從這本筆記書尤能清楚看出每個人的用心與個性。

透過練習過程，利用閱讀法的引導，協助學生將文本進行歸納、分析、整理。經由段落資料整理過程，逐漸累積對閱讀主題的認知。再以主題為核心，擴充與主題相關的延伸子題，以樹狀延展概念，掌握文本綱要，整理邏輯脈絡，撰寫出「整理自己經驗與行動」[2]的專屬學習札記。

寫作札記，既有記憶能力延伸的效用，更有助於課堂學習的專注投入。由於眼睛先天上容易受到「動態的」、「鮮豔的」、「大面積事物」的吸引，因此，課堂上的黑板或書本的白紙黑字，往往造成視覺疲勞，注意力不集中而分心。透過札記寫作的方法指導，當能強化學生當下專注，並有助於課後複習反饋的自主學習。大學階段撰寫學習筆記的目的，希望透過資料整理、分析回饋與撰寫的過程，能夠提供延伸觀點，強化獨立思考與邏輯演繹的能力，呈現出學生對於文本主題的瞭解程度。

1　札記：古稱小木簡為「札」，將事物記載於木簡上，稱為「札記」。

2　「不需要把筆記變成一個『只是整理他人資料』的筆記，而要把筆記變成一個『整理自己經驗與行動』的筆記。」參見電腦玩物（2017），〈如何寫出有效筆記？我的七個做筆記方法反思〉，https://www.managertoday.com.tw/columns/view/54688

筆記力的課程目標有四：

一、引導學生釐析文本段落意義，掌握題旨大綱。

二、強化學生閱讀與書寫應用能力。

三、學習康乃爾筆記撰寫與簡報製作技巧

四、訓練學生邏輯演繹、條理表達的能力。

以下在細讀課文〈文學的力量〉之後，透過從筆記到簡報的指導，學習如何作筆記與簡報。

課文選自《夏丏尊文集》（杭州：浙江人民出版社，1983）第一卷《平屋之輯》。經過改寫，標題、文字與分段皆有所調整，企圖彰顯其井井有條的論述步驟，作為學習論述技巧的範本，強化學生的「論述力」。

2.1.2　作者

夏丏尊（1886-1946），名鑄，字勉旃，號悶庵。民國元年（1912）改字丏尊。籍貫為浙江省紹興市上虞縣（今上虞為紹興市市轄區）崧廈鄉。先代經商，祖父去世後，家道中落。父親是秀才。兄妹六人，排行第三。

能作八股文，於清朝光緒二十七年（1901），十五歲中秀才。光緒二十八年（1902）入上海中西書院（東吳大學前身）初等科，才讀一學期，就因家貧輟學。秋，去杭州應鄉試考舉人，結果落第。光緒二十九年（1903）年初，經媒妁之言，與年長四歲的金嘉結婚。入紹興府學堂。光緒三十年（1904）輟學回家，替父親在私塾教書，一邊自修。

光緒三十一年（1905）向親友借貸五百塊銀元，到日本留學。先在東京弘文學院補習日語，畢業前考進東京高等工業學校。光緒三十三年（1907），由於領不到官費，輟學回國。

光緒三十四年（1908）在杭州，擔任浙江官立兩級師範學堂通譯助教，為該校延聘的教育科日本教員作翻譯。後任國文教員。光緒三十五年（1909），魯迅從日本留學回國，在該校任教，贈以《域外小說集》，眼界為之一廣。民國元年（1912），李叔同也來該校任教，此後兩人共事七年，結成深厚友誼。民國二年（1913），該校改組為浙江省立第一師範學校。

民國九年（1920）九月，應聘到湖南第一師範學校任教。民國十年（1921）冬，在原浙江省立第一師範學校校長經亨頤力邀之下，在家鄉上虞，協助創辦春暉中學，邀約一批志同道合的教師一起到春暉中學，在白馬湖畔營造了一個寬鬆的教育環境。他在學校附近蓋平房定居，稱之為「平屋」。後來把在「平屋」寫的散文隨筆等，輯為《平屋雜文》。

民國十三年（1924），依據義大利作家亞米契斯（Amicis）小說《Cuore（心）》的日文譯本《愛的教育》，譯成中文，在《東方雜誌》連載。民國十四年（1925）秋天到上海，在立達中學（後改稱立達學園）教國文兼文藝思潮。民國十五年（1926）三月，《愛的教育》由商務印書館出版。八月，開明書店成立，參加編輯工作。同月，在湖南第一師範和春暉中學編的講義，經立達學園同事劉薰補充修訂，以《文章作法》為書名，由開明書店出版。

民國十六年（1927）九月，任上海暨南大學第一任中國文學系主任。民國十七年（1928）年初，開明書店改組為有限公司，任總編輯。四月，與葉紹鈞合著的《文章講話》一書，由開明書店出版。九月，論著《文藝論 ABC》一書，由世界書局出版。這一年，譯作《近代的戀愛觀》（日本文藝評論家廚川白村原著）一書，由開明書店出版。民

國十八年（1929），《續愛的教育》譯作在《教育雜誌》連載。民國十九年（1930）一月一日創辦《中學生》雜誌。三月，《續愛的教育》由開明書店出版。

民國二十一年（1932）年初，成立函授學校「開明中學講義社」，任社長。開明書店和立達學園在日本侵華的淞滬戰爭中，損失慘重。民國二十二年（1933），遷居上海。與葉紹鈞等創立「上海私立開明函授學校」，任校長。發表〈文學的力量〉、〈白馬湖之冬〉……等等多篇散文隨筆。與葉紹鈞共同寫作語言知識小說《文心》，連載於《中學生》。民國二十三年（1934）六月，《文心》由開明書店出版。十一月與葉紹鈞、宋雲彬和陳望道合編的《開明國文講義》三冊由開明函授學校出版，開明書店印行。民國二十四年（1935）六月，與葉紹鈞合編的初中國文教材《國文百八課》由開明書店陸續出版。十二月，《平屋雜文》由開明書店出版。民國二十七年（1938）四月，與葉紹鈞合著的《閱讀與寫作》和《文章講話》二書由開明書店出版。參加抗日後援會。

民國三十二年（1943）十二月，被日本憲兵拘捕，威武不屈，幸得日本友人內山完造營救獲釋。經此磨難，肺病復發。民國三十五年（1946）四月二十三日，在上海病逝。享年六十歲。十一月，移靈浙江上虞白馬湖，葬骨灰於故居「平屋」後山。

生平著譯，輯為《夏丏尊文集》三卷，於民國七十二年（1983），由浙江人民出版社出版。第一卷以《平屋雜文》為主，再加上散發在報刊上的文學作品，稱為《平屋之輯》；第二卷專收語文教學方面的論著，以《文心》、《文章講話》、《文章作法》等三書為基礎，稱為《文心之輯》；第三卷是譯作，裡面收入有著名的兒童教育作品《愛的教育》、《續愛的教育》等，稱為《譯文之輯》。共計一百餘萬字。

閱讀摘要

2.1.3　課文

文學的力量
夏丏尊

一、前言

（一）提出假說[3]

對於文學的力量，個人提出四項假說：

第一、文學是有力量的。

第二、文學的力量，是由具象、情緒和作者的敏感而來。

第三、文學的力量，來自感染，而非強迫。

第四、文學作品之所以能對讀者產生影響力，乃以共鳴為條件。

以下逐項討論。

（二）研究問題

文學有力量是事實。在幾千年前，我們中國就知道拿文學來移風易俗[4]。如今，由於印刷與交通的進步，識字者增多，文學力量更大。

---

[3] 假說（Hypothesis）是「假設學說」的簡稱，指在學術領域，為了解釋某個現象的發生，所提出來的一組陳述。在實驗研究或調查之前，研究者都要對他所研究的問題提出研究假說，然後進行實驗研究或調查，以檢驗此項假說的真實程度。這種假說，通常是研究者根據他的觀察和學術理論，對該一問題所作的邏輯猜測，並用陳述句寫出。

[4] 古代儒家主張透過「詩教」，以善良風範感化民心，使社會風俗回復先天的淳厚。「移」和「易」是同義詞，都是「改變」的意思。「移風易俗」也就是改變風俗。

心得寫作

文學力量極大，從《黑奴籲天錄》[5]一書使黑奴得到解放，青年人讀《少年維特的煩惱》[6]，有的因而自殺，可見一斑[7]。

文學之有力量，已經是明白的事實，無須多費唇舌。有待說明的是以下三項問題：

第一、文學力量從何而來？

第二、文學力量特點何在？

第三、文學對讀者產生影響力，需要什麼條件？

二、文學力量從何而來？

（一）具象

要探究文學力量的產生，得先從文學本身說起。

文學的作品如詩歌、小說之類，與公文[8]、《千字

5　《黑奴籲天錄》是 *Uncle Tom's Cabin; or, Life Among the Lowly*（直譯為《湯姆叔叔的小屋：卑賤者的生活》）的中譯書名。是美國女作家斯托夫人（Harriet Beecher Stowe, 1811-1896）於 1852 年出版的一部反奴隸制小說。這部小說是十九世紀，僅次於《聖經》的第二暢銷書，被認為是刺激 1850 年代廢奴主義興起的一大原因。南北戰爭爆發初期，林肯接見作者時，笑著說：「妳就是那位引發了一場大戰的小婦人。」

6　《少年維特的煩惱》是德國大文豪歌德（Johann Wolfgang Von Goethe, 1749-1832），受到好友為愛自殺的刺激，將自己年少輕狂的愛情挫折，寫成的極具「自傳色彩」愛情書信體小說。1772 年，二十三歲的歌德在帝國最高法院實習，愛上好友未婚妻夏綠蒂·布芙（Charlotte Buff）。夏綠蒂拒絕歌德，這使歌德幾乎打算要自殺以求解脫。幾個月後，歌德的另一位好友也因迷戀友人妻子而舉槍自殺。加上自己同時又經歷另一場苦戀，於是一氣呵成寫成《少年維特的煩惱》。小說主角維特因與當時的保守社會格格不入，感到前途無望而自殺。該小說發表後，在整個歐洲造成極大的轟動，引發模仿維特自殺的風潮，此現象稱為「維特效應」。

7　可見一斑：由看到豹的斑點，便可推知是豹，比喻見到事物一少部分，即能推知事物整體。

8　公文是「公務文書」的簡稱，是一種有一定格式的應用文。用於機關與機關之間、機關內部，或機關與民眾之間，以文字方式辦理公務。

文》[9]，性質明顯不同。文學的特徵第一是「具象」[10]。

日常的言談，平淡無奇，不算文學。但如果運用「具象」的描述，就能提升為文學了。

譬如說：「日子過得很快。」這句話不足以稱文學。如果使用具象化的表達方式，使人心有戚戚焉[11]，即成文學。像說：「流光容易把人拋，紅了櫻桃，綠了芭蕉。」[12]這樣具象化的表達方式便到達文學的水準。「拋」、「紅」、「綠」、「櫻桃」、「芭蕉」，都是用感覺器官來捉摸的事象，比「日子過得很快」的陽春[13]表達，生動得多。

說某某地方打仗，死了很多人。這句話當然使我們憐憫，但若我們真的親臨戰場，目睹屍體堆積如山，自必永生難忘。由此推知，描述愈具象，愈能觸動人心。文學的力量就是這樣產生的。

通常說，中國人膽子小，愛面子，愛虛榮，這些劣根性[14]，使中國人到處吃虧。但是只講我們中國人有這些不良品性，我們聽了感受不深切。經魯迅[15]在《阿Q正

---

9 《千字文》是南朝梁（502-549）周興嗣所作的一篇長韻文。由一千個不重複的漢字組成。總共兩百五十個隔句押韻的四字短句構成，內容包含天文、地理、政治、經濟、社會、歷史、倫理。全篇主題清晰，一脈相承，層層推進，詞藻華麗，公認為不錯的識字課本。

10 具象：具有實象存在，與抽象相反。

11 心有戚戚焉：內心深有感觸，指心中產生了共鳴。典出《孟子·梁惠王上》。戚戚：感動、觸動的樣子。

12 這是南宋詞家蔣捷《一翦梅·舟過吳江》一詞的下闋後半。意思是：春光在不經意中飛逝，把人拋得老遠，櫻桃才紅熟，芭蕉就綠了，春去夏又到。「紅了櫻桃，綠了芭蕉」的「紅」、「綠」，都是形容詞當動詞用的詞性活用，在修辭學上稱為「轉品」。

13 陽春：指簡陋；就像陽春麵，就只有麵條和湯頭，沒什麼配料。

14 劣根性：指人類難以改變的不良習性，以及不健康的心理需要。

15 魯迅（1881-1936）原名周樟壽，1898年改名為周樹人，「魯迅」是筆名。二十世紀中國重要作家，新文化運動的領導人。作品包括雜文、短篇小說、評論、散文、翻譯作品，對五四運動以後的中國文學，影響深遠。

傳》[16]中，杜撰名叫阿 Q 的一個人，加以一番繪聲繪影[17]的描寫，就烙印在我們的心版上，一輩子都忘不了。

文學的力量，是從具象來的，不具象就沒有力量。

（二）情緒

文學的第二特徵，是情緒。情緒也是使文學有力的一項條件。

大凡想使人言聽計從，方法不止一種，可用知識遊說，也可訴之於情感。知識能使人明理，卻不容易使人實行，但如果動之以情就不同了。若能深深打動對方，對方自然而然地就會付諸行動。所謂「情不自禁」[18]，就是指這種現象。

文學的作品並不一味叫人家該如何如何做，只是把客觀事實具象地細細描寫，使人產生強烈情緒，便可望喚起行動。

（三）作者的敏感

以上說明的是文學本身產生力量的緣由。再進一步分析，文學的力量還可以來自文學作者。文學作者的敏感，也是使文學有力量的原因。

16《阿 Q 正傳》是魯迅唯一的一篇中篇小說。小說主人翁阿 Q 是一個農民，社會地位卑微，好賭卻財運壞，好挑釁他人，卻性格懦弱；他經常挨打，受戲弄，但喜歡欺負更弱小者。在《阿 Q 正傳》裡，魯迅刻劃一個舊中國社會裡農民的典型形象，揭露造成個人精神病態的病態社會，揭示「封建社會吃人」，既吞噬人的肉體，更吞噬人的靈魂。

17 繪聲繪影：運用聽覺和視覺的摹寫，使描述極其生動逼真。

18 情不自禁：情緒激動得無法自我控制。

心得寫作

　　文學作者，是那些感情和觀察力都比常人敏銳的寫作能手。普通人視若無睹[19]的，他們能夠洞燭[20]癥結[21]；普通人麻木不仁[22]的，他們卻感受敏銳強烈；普通人漫不經心[23]的，他們卻能深思熟慮[24]。因為文學作者對於社會、對於事物的觀察，比常人細微，所以社會一有變動時，先覺者[25]往往是文學作者。世間事件所含奧祕，一般人往往懵然不知[26]，經文學作者揭示以後，方才如夢初醒[27]。

　　譬如講到婦女解放問題，最初發動的是文學作者易卜生[28]，他的名劇《娜拉》[29]便是婦女解放[30]的先聲。美洲的黑奴解放，歸功於《黑奴籲天錄》一書。人生隱微處，文學家往往都能洞察[31]，因而依據敏銳觀察，發而為

---

19 視若無睹：形容對事物毫不注意。

20 洞燭：同義複詞。就像鑿了洞，可以窺見；又像用燭火照亮，一目了然。

21 癥結：中醫指肚子裡結硬塊的疾病，借喻事情的糾葛或病根。

22 麻木不仁：麻痺沒知覺，比喻人對自身以外的事物漠不關心，或反應遲鈍。

23 漫不經心：疏忽大意，絲毫不放在心上。

24 深思熟慮：反復深入細緻地思索考慮。

25 先覺者：察覺事物的存在比一般人早的人。

26 懵然不知：糊塗得一點都不察覺情況不對。

27 如夢初醒：像剛從夢中醒來，比喻發現自己糊塗犯錯。

28 易卜生（Henrik Johan Ibsen, 1828-1906），挪威劇作家，現實主義戲劇創始人，被譽為「現代戲劇之父」。作品強調個人在生活中的快樂，蔑視傳統社會的陳腐禮儀。

29 《娜拉》（原名 *A Doll's House*，譯自挪威文 *Et dukkehjem*，中文直譯為《玩偶之家》）是易卜生的代表劇作。主人公娜拉，經歷一場家庭變故之後，終於看清丈夫真實面目和自己在家中所扮演的「玩偶」角色。在莊嚴地聲稱「我是一個人，跟你一樣是一個人，至少我要學做一個人」之後，娜拉毅然走出了家門。

30 婦女解放：通過開明男女的共同奮鬥，反對歧視婦女，使婦女獲得應有的社會權利，達成女男平權的社會目標。

31 洞察：觀察得很透徹，發現內在要素或蘊含的意義，就像鑿了洞，可以窺見洞內實況。

創作，使人為之心悅誠服[32]，進而響應景從[33]。

由上述可知，文學力量的來源，可以分為兩部分：第一是從文學本質而來的，由於具象，由於情緒；第二是從文學作者方面來的，便是由於作者的敏感。

三、文學唯賴感染力

文學的力量是感染的力量，不是教訓。教訓帶有壓迫性，文學的力量則是沒有壓迫性的，尊重每個人的自由。

有一種作品帶著濃厚的訓斥氣息，而且露骨地耳提面命[34]。這些作品往往缺乏具象的描述和真摯的情緒，與其說是文學作品，不如說是文宣[35]。充滿口號的文宣，具有強烈的壓迫感。真正的文學力量，性質絕非如此。

文學並非全無勸導意圖，但是文學所含的勸導乃訴之於情感。文學對於世界，顯然是負有使命的。然而文學所賴的不是咄咄逼人，而是感染力。

良師對於高徒，益友對於知己，當施行教誨時，通常極力避用說教的口氣，而用感化的方式，結果往往得到更好的成效。文學的力量就是這樣產生的。

四、共鳴是文學對讀者產生影響力的條件

不過，文學的力量總是受限的。文學需要讀者。某作家寫了一本感人的小說，如果讀的人有一億，這一億

---

32 心悅誠服：帶著愉快的心情，發自內心地佩服。悅：愉快；誠：發自內心；服：佩服。

33 響應景從：附和並追隨。響應：本指因聽到聲音而有反應，引申為附和某種主張，乃至付諸行動。景：同「影」；景（影）從：如影子般地跟從。

34 耳提面命：不僅當面指示，而且靠近耳邊提醒。通常用於長輩對晚輩，形容長輩的熱切教導。

35 文宣：文字宣傳，一種專門為服務特定目的之文字訊息表現手法。

人也許都受了這本小說的感動，然而還有十三億人沒讀這本小說，也就無動於衷[36]。

再者，一種文學作品並非對於所有讀者都能產生影響。文學作品影響讀者，其主要條件是，作者透過作品，讓讀者產生共鳴[37]。產生共鳴，便有力量；沒產生共鳴，就沒力量。

這共鳴，因空間、時間而不同；因人的思想、環境有別而各異。譬如講失戀故事的作品，我這個未曾嘗過戀愛滋味的人讀了，是不太會產生共鳴的；西洋小說裡面講到基督教，對於不是基督徒的人來說，不容易引起宗教熱情。

一個作品裡所表現的東西，常有一般的與特殊的兩種。大概描寫一般人性的東西，容易使多數人感動，對多數人產生影響力；至於敘述特殊的境遇，如失戀的痛苦、孤兒的悲哀之類，非孤兒和未曾嘗過戀愛滋味的人看了，感受自然較弱。

《紅樓夢》[38]是一部著名的小說，寫林黛玉[39]，有許多動人心弦[40]之處，但是這書在一百年前的閨秀[41]眼

---

36 無動於衷：對應該關心的事情，毫不在乎。衷：內心。

37 共鳴：本為物理學名詞，指物體因共振而發聲的現象；例如：兩個頻率相同的音叉靠近，其中一個振動發聲時，另一個也會發聲。課文中借喻為由某人的某種思想感情，引起另外一些人產生類似的思想感情。

38 《紅樓夢》是清代曹雪芹的章回體長篇小說。小說以賈、史、王、薛四大家族的興衰為背景，以富貴公子賈寶玉為視角，描繪一批舉止見識出於鬚眉之上的閨閣佳人之生活百態，展現鮮活的人性美和悲劇美，是一部從各個角度展現女性美，以及中國傳統社會世態百相的史詩。

39 林黛玉是《紅樓夢》女主角，在曹雪芹筆下，是個敏感、細心、絕頂聰明、悟性極強的內向女子。她對男主角賈寶玉的感情，過分猜疑和憂慮，因不夠自信而傷害自己，又不相信情人而傷害情人。多愁善感的林黛玉，以葬花來哀花悼己，使讀者為之一灑同情之淚。

40 動人心弦：形容事物觸動人心。心弦：以琴弦比喻容易受影響的心靈。

41 閨秀：才貌雙全的大戶人家千金小姐。

中，和在現今的「摩登[42]」小姐眼裡，情形便不一樣，她們的感受一定不大相同。

某種作品影響某種讀者，愛讀《啼笑因緣》[43]的讀者和喜歡看《阿Q正傳》的讀者，是兩類人。

五、結論

綜合上述，可證立[44]本人文初提出的四項假說：

第一、文學是有力量的。

第二、文學的力量，由具象、情緒和作者的敏感而來。

第三、文學的力量，靠的是感染，而不是強迫。

第四、文學作品對讀者的影響力，以共鳴為主要條件。

---

[42] 摩登：英語 Modern 的音譯，形容跟上時代潮流。

[43] 小說《啼笑因緣》是鴛鴦蝴蝶派代表作家張恨水（1895-1967）的代表作。小說採用一男三女的愛情故事為架構，通過旅居北京的杭州青年樊家樹與天橋賣唱姑娘沈鳳喜的戀愛悲劇，反映北洋軍閥統治時期黑暗、動亂的一個社會側面。穿插封建軍閥強佔民女，武俠鋤強扶弱的情節，故事曲折離奇，富有傳奇色彩，體現了社會、言情與武俠三位一體的藝術大融合。

[44] 證立：即英語 Justify，證明能夠成立。

2.1.4 從筆記到簡報的學習指導

一、寫好筆記的基本功：有效閱讀

「閱讀」在每一個人的學習歷程中，是必要且極為重要的學習活動。對多數人而言，最關心的是如何閱讀才能更有效率？有效的閱讀，除了必須專心、細心之外，還需要方法。在《如何閱讀一本書》中，作者將閱讀分為四個層次[45]，札記書寫則適合運用最基本、也最常用的「檢視閱讀」（略讀）與「分析閱讀」（精讀）兩種閱讀方式。「略讀」並非隨意不用心的瀏覽閱讀，而是有效率、在有限時間內快速且專注完成閱讀；並能儘快掌握一本書、或一篇文章的主題要義。「分析閱讀」則是完整而仔細的詳讀，必須經過消化理解的過程，並能提出有系統的問題。在撰寫學習筆記過程時，若能交互熟用這兩種閱讀方式，將讓學習更有效率、見解也能更深刻。

首先，利用「略讀」方式，初步掌握文本的主題意識與段落間的因果關係。作者往往將文章重點標示於「題目」中，如本單元〈文學的力量〉，便以題目標示論述的主題。作者行文即以各級標題清楚地羅列文章的重點。其次，透過首段「前言」的四項假說，或末段「結語」四項假說的證立，亦能當作瞭解一篇文章主旨的明顯線索。有些作品會設計「主標題」和「副標題」雙主題展現創意。如郝譽翔〈山與海的賦格曲──東海岸鐵路〉、傅月庵〈珍愛最是第一聲──記北京書人謝其章〉，通常「主標題」乍看未必能理解該文主題，但因設計新奇別緻，往往較能吸引讀者的注目並引起好奇。此時往往需再參考「副標題」，方能獲得具體訊息。

掌握文本的主題大意後，即可找出關鍵字，再透過關鍵字的串連，進行「分析閱讀」的詳讀分析。關鍵字的搜尋，可以參考文本中的主詞（專有名詞如「文學」）、動詞（如「感染」）或形容詞（如「具象」），並串聯關鍵字的互動關係，如「文學」是「具象」的，有「感染」讀者的力量。此外，亦可透過九宮格的分析，掌握人時地物事或「5W2H」的基本要素，藉以掌握該文概括大意。

整理閱讀文本的人時地物事或「5W2H」，將有助於具體善用多層次的閱讀，最大的收穫便是能夠擁有自己的獨特心得，而非僅是簡單的文獻整理、拼湊編排，再提出簡短、難有優質創意的心得報告了。然而，即使用心閱讀，又該如何掌握文章的精髓，進而擁有屬於自己的觀點呢？基本上，在閱讀過程中，可以嘗試整理閱讀對象的「5W2H」：

「5W」：即what（事件）、when（時間）、who（角色互動）、where（環境場域）、why（心態、動機、個性）。

---

[45] 閱讀四個層次依序分為：「基礎閱讀」、「檢視閱讀」、「分析閱讀」以及「主題閱讀」四種。參見莫提默‧艾德勒（Mortimer J. Adler）、查理‧范多倫（Charles Van Doren）著、郝明義、朱衣譯，《如何閱讀一本書》（臺北：商務印書館，2017），頁 17-21。

　　「2H」：how to do（作法、觀點）、how much（付出的代價、價值觀），亦即掌握人（角色書寫）、時（時間，如早晚、季節、氣候）、地（環境）、物／事（物件、事件、遭遇、情節）的概要，便能初步掌握文本的基本內容了。

　　能夠掌握文本的基本要素，深入瞭解，而不僅只是看完一篇文章、一本書，更需瞭解作者的生平、遭遇、時代背景與寄寓，便能產生對閱讀對象的感動點；即指因瞭解作品而產生的共鳴、欣賞，進而產生廣泛或深入閱讀的興趣。如以九宮格分析王維〈鳥鳴澗〉[46] 的關鍵字與人時地物事：

名詞 月亮 桂花 鳥	動詞 月出 鳥鳴	形容詞 靜夜 悠閒
人 作者 第一人稱	鳥鳴澗 王維	事 賞月 聽鳥鳴 獨處
時 春天 夜晚	地 空山	物 桂花 鳥

　　透過閱讀的練習，精進學習，漸漸便能看懂文本中的深層意思，體會作者鋪陳的用心、或意在言外的寄寓。閱讀的體會可以因人而異，因此，透過深度閱讀的練習，每個人的探索子題也可以自由延伸，發揮創意。延伸子題的設計，往往也能反映出個人對作品的理解。

二、筆記書寫：康乃爾筆記法

　　1950 年代美國康乃爾大學（Cornell University）教授華特‧波克（Walter Pauk）開發一套適用在課堂聽講或閱讀重點摘記的整理方法，稱為「康乃爾筆記法」。「康乃爾筆記法」基本格式即將一頁筆記區分成「一大兩小」的三個區塊。最大的區塊為「筆記欄」，通常置於頁面右邊，約占四分之三；左邊則是「整理欄」，約占四分之一；下方則是「摘要欄」。每個區塊的大小可彈性調整，但筆記欄因需撰寫課堂筆記或重點內容，故需要較大篇幅。

---

46 王維〈鳥鳴澗〉：「人閒桂花落，夜靜春山空。月出驚山鳥，時鳴春澗中。」

(A)「筆記欄」：記錄課程完整內容或簡報重要內容。

(B)「整理欄」：記錄與段落相應的關鍵字、專有名詞、考試資訊、課程補充。

(C)「摘要欄」：記錄讀書與個人心得、延伸觀點、提出問題或「微想法」[47]。

（B） 整理欄 Reduce	（A） 筆記欄 Record
1. 濃縮右表重點。 2. 遮住（A）測試記憶。 記錄項目： a. 重點摘要。 b. 專有名詞、關鍵字。 c. 考試重點。 d. 課程補充或參考。 e. 提醒事項。	1. 記錄課程、文本重點。 2. 簡報內容。 記錄項目： a. 課程筆記重點大綱。 b. 勿逐字不漏抄書。 c. 可黏貼現成資料圖表。 d. 運用顏色管理法。 e. 以表格、圖示彙整重點。
（C）摘要欄 Reflect 記錄項目：學習心得、個人觀點、提出問題、微想法。	

（一）康乃爾筆記範例：「點列式」大綱筆記法

條列標題＋樹狀縮排

　　寫作札記，避免將課堂單元或書本內容悉數轉寫，而是藉由整理重點筆記，反映對學習材料的理解分析，提高學習效果。本單元介紹以大綱式筆記來整理學習重點。依照表現形式，大綱式筆記可以大分為：1.點列式、2.圖表式兩種。點列式大綱筆記法係從內文整體架構出發，透過主標題、次標題、小標題的分層條列，整理出文本重點的邏輯演繹關係，藉以顯示各層段落的重點。

---

[47] 「微想法」係指對事物有各種的觀察或觸動，這些想法也許還不成熟，或有些瑣碎，如「想做的事情」、「想到一半的點子」、「沒有答案的問題」、「鼓勵到自己的好句子」、「生活中的好事情」，其實都是獨一無二的個人經驗，也都是有效筆記最好的素材。參見電腦玩物（2017），〈如何寫出有效筆記？我的七個做筆記方法反思〉，https://www.managertoday.com.tw/columns/view/54688

　　首先，必須先掌握每個段落的主題，再以這個主題為主幹，往下延伸出相關子標題，標題序號寫法必須一致，並採取「縮排」方式來區分重點標示的主從先後關係。序號的標示方式可以用數字或符號，也可以發揮創意用自己慣用的標示書寫。點列式大綱筆記法標號與縮排的標示依序為：

壹、

　　一、

　　　　（一）

　　　　　　1.

　　　　　　　（1）

1. **點列式大綱筆記標序與縮排方式，以〈文學的力量〉為例**

　壹、文學有力量四項假說

　　一、前言

　　　　（一）四項假說

　　　　　　1. xxxxxxxx

　　　　　　2. xxxxxxxx

　　　　　　3. xxxxxxxx

　　　　　　4. xxxxxxxx

　　　　（二）文學有力量的三個問題

　　　　　　1. xxxxxxxx

　　　　　　2. xxxxxxxx

　　　　　　3. xxxxxxxx

　　二、文學力量的來源

　　　　（一）來自文學本質

　　　　（二）來自文學作者

　　三、文學影響力的特質

　　四、文學影響力的受限

2. 點列式大綱筆記法與康乃爾筆記法的合併應用

文學有力量 四項假說	一、前言
	（一）四項假說
	1. 文學是有力量的。
	2. 文學的力量，是由具象、情緒和作者的敏感而來。
	3. 文學的力量，來自感染，而非強迫。
	4. 文學作品對讀者產生影響力，以共鳴為條件。
文學有力量： 來源 特點 條件	（二）文學有力量的三個問題
	1. 文學力量從何而來？
	2. 文學力量特點何在？
	3. 文學對讀者產生影響力，需要什麼條件？
文學力量來源 1. 具象 紅了櫻桃，綠了芭蕉／屍體堆積如山／阿Q 2. 情緒	二、文學力量的來源
	（一）來自<u>文學本質</u>
	1.「具象」，文學的第一特徵：
	(1)「流光容易把人 拋 ，紅 了 櫻桃 ，綠 了 芭蕉 。」
	(2)「打仗」：親臨戰場，目睹屍體堆積如山。
	(3) 中國人性格：魯迅《阿Q正傳》。
	2.「情緒」，文學的第二特徵：
	訴之於情感，打動對方，促使對方付諸行動。
3. 作者敏感度 先覺者 易卜生：婦女 斯托夫人：黑奴 ———— 其他，如： 課堂補充 考試資訊 專有名詞	（二）來自<u>文學作者</u>
	1. 作者的敏感，是讓文學有力量的原因。
	2. 作者的感受力和觀察力都比常人敏銳：
	(1) 普通人視若無睹，他們能夠洞燭癥結。
	(2) 普通人麻木不仁的，他們卻感受敏銳強烈。
	(3) 普通人漫不經心的，他們卻能深思熟慮。
	3. 文學作者是社會有變動時的「先覺者」，如：
	(1) 婦女解放問題：易卜生的名劇《娜拉》。
	(2) 黑奴解放：斯托夫人的《黑奴籲天錄》。
文學的感染力	三、文學唯賴感染力
	（一）文學的力量是感染的力量，不是教訓。
	（二）文學並非沒有教訓，但教訓係訴之於情感。
	（三）文學教訓有效果，靠的不是強制力，而是感染力。
共鳴	四、共鳴是文學對讀者產生影響力的條件
整理課文，消化理解後的心得、 <u>讀書與個人心得</u>、延伸觀點、提出問題或「微想法」。	

3. 康乃爾筆記範例：「圖像式」大綱筆記法

「圖像式」大綱筆記法與「點列式」的重點整理方式大致相同，但多以圖像取代文字，並以主題關鍵字串聯段落間的重點摘記。優點是用具體生動創意整理個人的學習心得，充分展現撰寫者的用心與特色，但因主題間的先後從屬較易呈現平行關係，不易掌握完整的邏輯演繹過程。此時，利用康乃爾筆記法加強左方的 (B) 整理欄及下方的 (C) 摘要欄的重點撰寫及心得反思，即能達到筆記重點的完整記錄。

　　以下所舉作為觀摩的筆記範例，乃僑光科技大學財務金融系蔡霈晶同學，以及國際貿易系賴芝瑜同學的課堂筆記。

(1) 以「圖像式」大綱筆記法記錄演講者簡報及現場演練重點整理

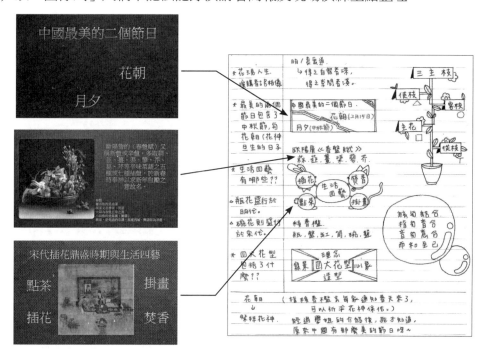

(2) 圖像式大綱筆記法與康乃爾筆記法的合併應用

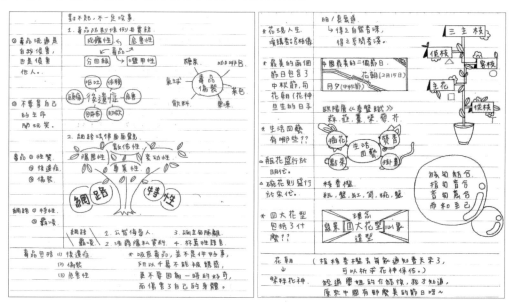

4. 康乃爾筆記範例：彈性調整篇幅配置

掌握康乃爾筆記法寫作技巧後，撰寫者可以依照自己對筆記整理的習慣或心得規劃，彈性調整自己的筆記格式或篇幅安排，甚至兼採「點列式」與「圖像式」，或依重點分配，在段落間加入數個 (C) 區摘要心得的紀錄，都是很好的嘗試，也將寫出別具風格的「有效」[48] 筆記書。

5. 簡報製作：大綱式筆記法延伸運用

學習成效的具體表現，不僅表現在筆記的撰寫與心得反饋，更透過「做中學」（learning by doing），展現學習成果的多樣化表達，以符合多元敘事力的養成要求。通常課堂學習的具體成效，除了能夠完成一本內容詳實、風格獨創的筆記書外，簡報亦是常見的成果報告方式。本單元亦針對大綱式筆記法應用在簡報的製作提出說明。

---

[48] 「我追求的有效筆記，是希望除了當下紀錄的那一次之外，我之後還會因為某個原因，在某個時刻『再一次翻開那一頁』，並且因為當初的筆記而產生幫助。」參見電腦玩物（2017），〈如何寫出有效筆記？我的七個做筆記方法反思〉，https://www.managertoday.com.tw/columns/view/54688

簡報製作要領包括：

(1) 簡報結構：

　　a. 封面頁（包括簡報主題、報告者、活動主題及時間）。

　　b. 簡報內容（大綱式標題、縮排、字體樣式與級數、版面編排設計、頁碼）。

　　c. 感謝頁（簡報最後一頁，表示「簡報結束」、「感謝聆聽」、「敬請指教」）。

(2) 簡報標題：一頁一個主標題，避免將太多主題擠在一個頁面。

(3) 簡報字體：內文避免小於 32 級字，以免因字體太小，看不清楚。標題字體級數配合版面調整大小，亦避免小於 32 級字。

(4) 簡報內容：避免將 Word 文字整段擷取，應以大綱式、縮排方式說明主題。

(5) 簡報製作：以〈文學的力量〉為例。

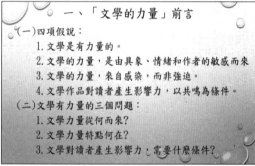
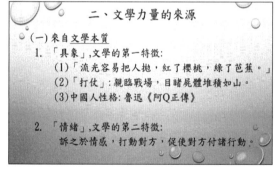
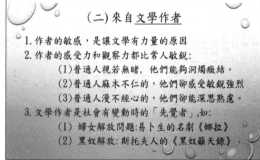
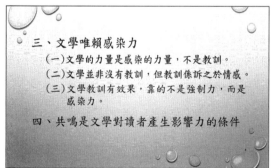

2.1.5 延伸閱讀

1. 張堂錡編著、范銘如主編（2006），《夏丏尊》。臺北：三民。

2. 朱光潛（1990），《談美》。臺北：萬卷樓。

3. 莫提默・艾德勒（Mortimer J. Adler）、查理・范多倫（Charles Van Doren）著、郝明義、朱衣譯（2017），《如何閱讀一本書》（*How to Read a Book*）。臺北：商務。

4. 渡辺克之著、李明純、黃珮淸譯（2017），《別再把簡報塞滿！這樣做簡報才吸睛：用 PowerPoint 成為簡報王》。臺北：旗標。

5. 楊紹強（2018），《簡報即戰力：讓任何人都買單的上台說話術》。臺北：商周。

6. 《用康乃爾筆記法學英文》——什麼是「康乃爾筆記法」？https://www.youtube.com/watch?v=IxezQecjeSE

7. 《康乃爾筆記法》——如何做上課筆記？高效率筆記法！https://www.youtube.com/watch?v=Yw670x9QXVg

8. 楊修（2016），〈康乃爾筆記法——把筆記本分三塊，思考就會變聰明！〉，https://www.managertoday.com.tw/articles/view/53679

9. Esor Huang（2016），〈「筆記術 -1」六種表格式思考法，讓筆記效果立即加分〉：(1) 康乃爾表格：抓出重點 (2) 九宮格表格：釐清問題，https://www.playpcesor.com/2016/08/note-1.html

2.1.6 習作

班級		姓名		學號		評分	
班級：請以康乃爾筆記格式，參考朱光潛〈我們對於一棵古松的三種態度〉（https:// kknews.cc/zh-tw/essay/gvmlqr9.html），整理一份「點列式」或「圖像式」大綱筆 記。							

(B) 整理欄	(A) 筆記欄

(C) 摘要欄

2.2 | 不朽

陳蘭行　編撰

2.2.1　解題

　　簡報是因應學習、工作和解說需求所製作的一種「簡要圖文」，再輔佐「口語解說」後，使人更易瞭解把握主題的內容和知識。

　　本單元課程目標為：引導學生如何製作「圖文簡報」，並把握到「口語解說」的技巧。「簡報力」就是一種整合「簡要圖文」和「口語解說」的能力，所以簡報力的學習是要訓練我們簡潔扼要的製作和解說報告的能力。

　　以下在細讀課文〈不朽論〉之後，透過簡報製作示範，學習如何作「簡報」。

　　〈不朽論〉選錄自劉敞的《公是集》。此文論述「三不朽」的議題。生命總有結束的一天，如果不願意在身軀消亡後，即與草木同朽，想要讓生命流傳於後世而永垂不朽，就是要把握立德、立功、立言等「三不朽」。

　　世人往往誤解又誤用「三不朽」，忽略應以立德為本，在立功上，一味追求強兵和富國的功勳，在立言上，立異鳴高，沽名釣譽。這種貴功尚言，不以德為根本，是無法真正讓生命不朽，流芳百世。

　　劉敞論「三不朽」，明確指出「士之不朽者三，本之者德而已矣」的重要觀點。

2.2.2　作者

　　劉敞（1019-1068），字原父，臨江新喻（在今江西省）人，北宋經學家。北宋仁宗慶曆六年進士，曾出使契丹，知揚州。神宗熙寧元年卒於官。

　　劉敞為人耿直，學識淵博，為政有績。歐陽修在《集賢院學士劉公墓誌銘》中稱劉敞「於學博，自六經、百氏、古今傳記，下至天文、地理、卜醫、數術、浮圖、老莊之說，無所不通；其為文章尤敏贍。」劉敞在經學的成就集中在《春秋》的研究，著有《春秋權衡》、《公是集》。

49

2.2.3　課文

不朽論

劉　敞

　　士之不朽者三[1]，所以本之者一[2]也。德能服人則不朽，功能濟時則不朽，言能貽世[3]則不朽；雖然，本之者德而已矣。德者，仁、義、忠、信之謂也。內著於其外，達則其功也，窮則其言也。故德者本也，功與言者末也。處勢高，名澤及於遠，謀而世用之，行而世信之，則功必立。處勢低，名澤不及於遠，謀而世弗用也，行而世弗信也，則言以著。故功者，以德為功者也，非俗之所謂功也；言者，以德為言者也，非俗之所謂言也。

　　俗之所謂功者，規一切[4]者也。爭地以戰，殺人盈野；爭城以戰，殺人盈城；則有強兵之功。壞井田，廢什一[5]，困百姓之力，實府庫之藏，則有富國之功。以詭譎為機，以刑法為驅，以君心為度，以巧偽為制，若是而已矣。俗之所謂言，務無用者，飾名數以干禮，合章句以導諛，為曼衍以詭俗[6]，務名譽以邀利，大不可施於朝，小不可教於鄉，以靡麗為精，以辯異為奇，若是而已矣。是以德也、功也、言也，判而為三[7]。

---

[1] 不朽者三：指立德、立功、立言的「三不朽」可使生命不朽。

[2] 本之者一：指「三不朽」的根本為立德。

[3] 貽世：遺留在世上。

[4] 規一切：規範世上一切的功利事務。

[5] 壞井田，廢什一：破壞井田制度，廢除什一稅法。

[6] 為曼衍以詭俗：為了宣揚擴散言論而欺詐世俗之人。

[7] 判而為三：立德、立功、立言被分判成不相干的三者。

　　嗟乎！君子之道所以隱也，功非其功矣，言非其言矣；然而世猶貴功而尚言，自以為不朽，吾未始知其誠不朽也。夫世之士既無以明功與言之端，又因見世俗之功而趨之，聞世俗之言而美之，子以太上立德不可及也。嗚乎！則是以功與言常必去德而獨存者也，喪其本矣；申、商也，孫、吳也，儀、秦也，楊、墨也[8]，何可勝言哉！

────────

8 申、商、孫、吳、儀、秦、楊、墨：指申不害、商鞅、孫子、吳起、張儀、蘇秦、楊朱、墨子。

2.2.4　簡報製作要領

一、簡報力是一種整合「簡要圖文」和「口語解說」的能力，是要訓練我們簡潔扼要的解說報告的能力。

二、簡報力的三項基礎能力：

(1) 製作簡報的能力（熟練把握製作簡報的軟體）。

(2) 口語解說的能力（有條理而生動的口語表達）。

(3) 吸引說服的能力（掌握到吸引和說服的技巧）。

三、簡報力的三項要領：

(1) 掌握要點，組織出好的架構（在簡報的時間內規劃合宜的內容和頁數）。

(2) 口語表達，生動的輔佐解說（口語解說須精確掌握簡報的時間和內容）。

(3) 創意特色，達成吸引和說服（創意三不：不繁雜、不花俏、不眼花撩亂）。

四、簡報在形式、內容和版面的製作要領：

(1) 能提綱挈領以內容要點呈現出「標題化、條列式、層級性」。

(2) 版面的設計能讓人對內容一目了然（簡潔大方），不需要再細看詳讀。

(3) 只呈現架構要點，進一步的說明和舉例則以口語的生動解說來輔佐，以期達到吸引說服的效果。

2.2.5　以〈不朽論〉示範簡報製作

僑光科技大學

大一國文

主題：不朽論

不朽論－　綱要

1. 何謂三不朽
2. 三不朽的關係結構
3. 立功、立言的誤解誤用
4. 三不朽的根源與發展

一. 何謂三不朽

1. 三不朽：
   立德、立功、立言。
2. 三不朽的定義：
   德能服人則不朽。
   功能濟時則不朽。
   言能貽世則不朽。

二.　三不朽的關係結構

1. 本末的關係：
   立德為根本。
   立功與立言為末也。
2. 以德為本的結構：
   ※功者，以德為功者也。
   　故處勢高，則功必立。
   ※言者，以德為言者也。
   　故處勢低，則言以著。

三. 立功、立言的誤解誤用

1. 俗之所謂功者：
   有強兵之功，有富國之功。
2. 俗之所謂言者：
   有飾名數以干禮，有務名譽以邀利。
3. 所以判而為三：
   立德、立功、立言被分判成不相干的三者，
   故不能成為真正的不朽。

四.　三不朽的根源與發展

1. 士之不朽者三：
   立德、立功、立言。
   而最重要的根源為立德。
2. 立德者：
   立仁、義、忠、信之德也。
3. 德之內著而展外：
   達則立其功也，窮則立其言也。

2.2.6　延伸閱讀

三不朽（立德、立言、立功）的典故出處

　　《左傳·襄公二十四年》：二十四年春，穆叔如晉。范宣子逆之，問焉，曰：「古人有言曰死而不朽，何謂也？」穆叔未對，宣子曰：「昔匄之祖，自虞以上，為陶唐氏，在夏為御龍氏，在商為豕韋氏，在周為唐杜氏，晉主夏盟為范氏，其是之謂乎？」穆叔曰：「以豹（叔孫豹）所聞，此之謂世祿，非不朽也。魯有先大夫曰臧文仲，既沒，其言立。其是之謂乎！豹聞之，太上有立德，其次有立功，其次有立言，雖久不廢，此之謂不朽。若夫保姓受氏，以守宗祊，世不絕祀，無國無之，祿之大者，不可謂不朽。」

2.2.7 習作

班級		姓名		學號		評分	

題目：請依照學過的簡報技巧，就劉敞〈不朽論〉，用你自己的話，製作簡報。

單元3
採訪力

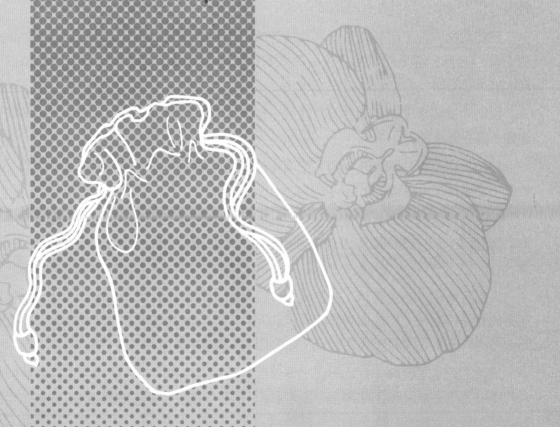

3.0 導讀

吳賢俊　導讀

3.0.1　報導成敗，取決於「採訪力」

採訪是採集與探訪的簡稱。那是為了想深入瞭解詳情，主要通過訪問者與被訪問者之間面對面的接觸交談，進行觀察、調查、訪問、記錄、攝影、錄音、錄影等工作相輔相成，從而蒐集調查資料的一種方法。

採訪與報導一前一後，一貫作業。如果在前期的採訪中，沒能獲得有用的材料和足夠的資訊，則後期的報導寫作，無論運用多厲害的技巧，都不免華而不實。其實，報導寫作的成敗，早就在採訪階段分出高下了。由此可見「採訪力」舉足輕重。

而採訪的成敗，雖然牽涉到採訪技巧的高低，但最關鍵的，莫過於採訪前的準備功夫是否充分。避免採訪過程中，漏問重點或離題，提示採訪重點與主題的採訪大綱，就很有幫助。

採訪大綱要事先給受訪者看，既是一種尊重與提醒，又免得受訪者由於事前毫無準備，當場無法回答問題。

按照採訪大綱的順序及內容，逐項採訪受訪問者，內容既明確，思路又清晰，易於當下記錄及事後整理。

採訪前應瞭解受訪者的背景資料；諸如：受訪者身分（性別、年齡、專業、職務等）、與調查問題有關的觀點及傾向、預定調查的問題是否與受訪者有利害關係……等等。

人都有情緒，難免固執，採訪時會挑動受訪者的情緒與信念，讓受訪者說出他所支持的意見與想法。如能與受訪者有好的互動，就能讓受訪者在採訪過程中表露真實的一面，即使是發脾氣甚或憤怒，只要能維持互動的平穩，問題就不大。

採訪不只是想瞭解一個人而已，更重要的是透過瞭解這個人的處境，而瞭解同類人的處境，乃至整個族群的處境，進而沉思目前有什麼值得關注的議題。

3.0.2 從關懷周遭到「採訪力」的養成

採訪需要在實踐中磨練,從不成熟狀態逐步改善,而慢慢變成老手。本單元提出「人」到「族群」等議題,醞釀採訪的主題與重點,作為採訪的前奏,繼而在生活周遭,挖掘值得採訪的人,並調查自己住的社區,在嘗試採訪中,練就純熟的「採訪力」。

3.1 人物

洪銘吉　編撰

3.1.1　解題

　　民國六、七〇年代，臺灣整體環境正由手工業進入工業時期，經濟狀況擺脫外援，轉而獨立自主，不管是代工或自製，生產物品經由外銷國際市場，創造前所未有的利潤，使得臺灣社會呈現一片繁榮的景象。但隨之而來的問題，卻是造成農村人口大量外移，年輕人移居都會區工作、打拚事業，老人獨居鄉下務農，或照顧幼小孫子、女，八〇年代，這些社會現象有增無減。黃春明的小說集《放生》，正是反映這些社會某一角落的實際情況。

　　〈死去活來〉選自《放生》，黃春明以八〇年代農村人口外移為背景，藉由粉娘兩次進入彌留狀態又突然清醒的過程，描繪子女及第三代對母親（祖母）生死近似寡情的態度，以不著痕跡的手法，諷刺現代人對親情的冷淡，更凸顯現代人對家庭觀念的改變，忽視了華人社會對家庭價值的悠久傳統，而這傳統價值是否該被改變？就黃春明對當代社會現象的觀察，黃春明認為無論時代如何演進，孝道是家庭存在的根本價值，自古至今，無可取代的倫理是社會永續發展的主幹，這是任何一個華人社會的家庭，都應該具備的人本基礎教育。

　　從工業化進入電子化、資訊化的時代，整體環境的變化令人更感到無法控制、掌握其變化的規律性，尤其，臺灣社會在現階段面臨的問題，婚姻國際化造成社會問題及越來越嚴重的少子化是無法解決的難題，這對華人傳統家庭價值產生更大的衝擊，也是在此藉由閱讀黃春明〈死去活來〉這篇小說，引發年輕人面臨這些問題，思考如何提出解決問題的方法。

3.1.2　作者

　　黃春明，臺灣宜蘭人，屏東師專畢業。曾從事教職，辭職後投入職場，擔任過記者、廣告公司企劃經理、編劇，也投入兒童繪本編寫、鄉土語言教學、歌仔戲劇本、兒童劇團的導演工作，現為專職作家。曾獲得吳三連文學獎、國家文藝獎、行政院文化獎、總統文化獎。出版的童話、小說、散文有二十多本，2019 年，仍出版近著《跟著寶貝走》，黃春明在文壇的成就，堪稱臺灣文學國寶。

3.1.3 課文

死去活來

黃春明

　　不是病。醫院說，老樹敗根，沒辦法。他們知道，特別是鄉下老人，不希望在外頭過往。沒時間了，還是快回家。就這樣，送她來的救護車，又替老人家帶半口氣送回山上。

　　八十九歲的粉娘，在陽世的謝家，年歲算她最長，輩份也最高。她在家彌留了一天一夜，好像在等著親人回來，並沒像醫院斷的那麼快。家人雖然沒有全數到齊，大大小小四十八個人從各地趕回來了。這對他們來說，算難得。好多人已經好幾年連大年大節，也都有理由不回來山上拜祖先了。這次，有的是順便回來看看自己將要擁有的那一片山地。另外，國外的一時回不來，越洋電話也都連絡了。

　　準備好的一堆麻衫孝服，上面還有好幾件醒眼的紅顏色。做祖了，四代人也可算做五代，是喜喪。難怪氣氛有些不像，儘管跟她生活在一起的么兒炎坤，和嫁出去的六個女兒是顯得悲傷，但是都被多數人稀釋掉了。令人感到不那麼陰氣。大家難得碰面，他們聚在外頭的樟樹下聊天，年輕的走到竹圍外看風景拍照。炎坤裡裡外外跑來跑去，拿東拿西招待遠地回來的家人。他又回屋裡探探老母親。這一次，他撩開簾布，嚇了一跳，粉娘向他叫肚子餓。大家驚奇的回到屋子裡圍著過來看粉娘。

粉娘要人扶她坐起來。她看到子子孫孫這麼多人聚在身旁，心裡好高興。她忙問大家：「呷飽未？」大家一聽，感到意外的笑起來。大家當然高興，不過還是有那麼一點覺得莫名的好笑。

么兒當場考她認人。「我，我是誰？」

「你呃，你愚坤誰不知道。」大家都哄堂大笑。他們繼續考她。能叫出名字或是說出輩份關係時，馬上就贏得掌聲和笑聲。但是有一半以上的人，儘管旁人提示她，說不上來就是說不上。有的曾孫輩被推到前面，見了粉娘就哭起來用國語說：「我要回家，我不要在這裡。」粉娘說：「伊在說什麼？我怎麼聽不懂。」總而言之，她怪自己生太多了，怪自己老了，記性不好。

當天開車的開車，搭鎮上最後一班列車的，還有帶著小孩子被山上蚊蟲叮咬的抱怨，他們全走了。昨天，那一隻為了盡職的老狗，對一批一批湧到的，又喧嘩的陌生人提出警告猛吠，而嚇哭了幾個小孩的結果，幾次都挨了主人的棍子。誰知道他們是主人的至親？牠遠遠的躲到竹欉中，直到聞不出家裡有異樣的時候，牠搖著尾巴回到家裡來了。腦子裡還是錯亂未平，牠抬眼注意主人。主人看看牠，好像忘了昨天的事。主人把電視關了。山上的竹圍人家，又與世隔絕了。

第二天清晨，天還未光，才要光。粉娘身體雖然虛弱，需要扶籬扶壁幫她走動，可是神明公媽的香都燒好了。她坐在廳頭的藤椅上，為她沒有力氣到廚房泡茶供神，感到有些遺憾。想到昨天的事；是不是昨天？她不敢確定，不過她確信，家人大大小小曾經都回到山上來。她心裡還在興奮，至少她是確確實實地做了這樣的一場夢吧。她想。

閱讀摘要

炎坤在臥房看不到老母親，一跨進大廳，著實地著了一驚。「姨仔！」他叫了一聲湊近她。

「你快到灶腳泡茶。神明公媽的香我都燒好了，就是欠清茶。我告訴神明公媽說，全家大小都回來了，請神明公媽保庇他們平安賺大錢，小孩子快快長大念大學。」

炎坤墊著板凳，把插在兩隻香爐插得歪斜的香扶直，一邊說：「姨仔，你不要再爬高爬低了，香讓我來燒就好了。」他看看八仙桌紅格桌，很難相信虛弱的老母親，竟然能搆到香爐插香。

「我跟神明公媽說了，說全家大小統統回來了。……」

「你剛剛說過了。」

「喔！」粉娘記不起來了。

炎坤去泡茶。粉娘兩隻手平放在籐椅的扶手上，舒舒服服地坐在那裡，露出咪咪的笑臉，望著觀音佛祖媽祖婆土地公群像的掛圖。她望著此刻跟她生命一樣的紅點香火，在昏暗的廳堂，慢慢地引量著小火光，釋放檀香的香氣充滿屋內，接著隨裊裊的煙縷飄向屋外，和濛濛亮的天光渾然一起。

不到兩個禮拜的時間，粉娘又不省人事，急急地被送到醫院。醫院對上一次的迴光能拖這麼久，表示意外神奇。不過這一次醫院又說，還是快點回去，恐怕時間來不及在家裡過世。

粉娘又彌留在廳頭。隨救護車來的醫師按她的脈搏，聽聽她的心跳，用手電筒看她的瞳孔。他說：「快了。」

炎坤請人到么女的高中學校，用機車把她接回來，要她打電話連絡親戚。大部份的親戚都要求跟炎坤直接通話。

心得寫作

「會不會和上一次一樣？」

「我做兒子當然希望和上一次一樣，但是這一次醫生也說了，我也看了，大概天不從人願吧。」炎坤說。對方言語支吾，炎坤又說：「你是內孫，父親又不在，你一定要回來。上次你們回來，老人家高興得天天唸著。」

幾乎每一個要求跟炎坤通話的，都是類似這樣的對答。而對方想表示即時回去有困難，又不好直說。結果，六個也算老女人的女兒輩都回來了，在世的三個兒子也回來，孫子輩的內孫外孫，沒回來的較多，曾孫都被拿來當年幼，又被他們的母親拿來當著需要照顧他們的理由，全都沒回來了。

又隔了一天一夜，經過炎坤確認老母親已經沒脈搏和心跳之後，請道士來做功德。但是鑼鼓才要響起，道士發現粉娘的白布有半截滑到地上，屍體竟然側臥。他叫炎坤來看。粉娘看到炎坤又叫肚子餓。他們趕快把拜死人的腳尾水、碗公、盛沙的香爐，還有冥紙、背後的道士壇統統都撤掉。在樟樹下聊天的親戚，少了也有十九人，他們回到屋裡圍著看粉娘。被扶坐起來的粉娘，緩慢地掃視了一圈，她從大家的臉上讀到一些疑問。她向大家歉意地說：「真歹勢，又讓你們白跑一趟。我真的去了。去到那裡，碰到你們的查甫祖，他說這個月是鬼月，歹月，你來幹什麼？」粉娘為了要證實她去過陰府，她又說：「我也碰到阿蕊婆，她說她屋漏得厲害，所以小孫子一生出來怎麼不會不兔唇？……」圍著她看的家人，都露出更疑惑的眼神。這使粉娘焦急了起來。她以發誓似的口吻說：

「下一次，下一次我真的就走了。下一次。」最後的一句「下一次」幾乎聽不見。她說了之後，尷尬地在臉上掠過一絲疲憊的笑容就不再說話了。

本文選自黃春明（1999），《放生》。臺北市：聯合文學。

本文由黃春明先生授權使用。

3.1.4 課文分析

一、明、清時期從大陸福建沿海的泉州、漳州,廣東的潮州、梅縣等地移居到臺灣的先民帶來語言、生活習慣、宗教信仰、飲食等文化現象,而這些文化現象與臺灣原住民通過通婚、共居等形式,將福建、廣東移民融合而成新臺灣的群體文化,也就是說,目前臺灣所見文化現象,已是一個經過三百多年來,族群融合的社會文化,且經過改良,很難說清楚這些文化現象出自大陸單一地理位置的文化再現。然而,作為延續三千年悠久傳統文化的華人而言,卻始終沒人否認過這個傳統文化主幹的倫理價值,不管是在家庭、社會、國家都是如此。因此,探討〈死去活來〉這篇小說,必須先體認這個傳統文化的倫理價值存在的必要性。

二、粉娘作為小說的主要人物,在小說中是一個母親、祖母,是家庭中輩分最高的長輩,「可能」沒受過學校教育,「更可能」是個不識字的婦人,茹苦含辛扶養幾個孩子長大成人,未求孩子金錢的回報,也未要求孩子承擔起奉養的責任。但當孩子離家後,各自成家立業,平常已少透過電話噓寒問暖,更別說回老家探視至親。在小說中,眾家人回家的原因,竟然是處理老人家(粉娘)的喪事。在小說中,粉娘坐在客廳,面對堂中神明、祖先的牌位,及眾子女對她由死亡中悠悠醒轉時驚愕與失望的眼神,只能無言。作者的目的,是在表現整體環境重視物質生活的時代,孩子逐漸忽略對孝道、家庭價值的認知,使得原本應令人感到溫馨、祥和,可依靠的家庭,頓成為冷漠、無情氛圍的居住所,對老人家而言,這內心的苦,無處可訴,只能當作這就是「人生」的無奈。然而,老人家此刻的無奈,幾十年後,難道不會重現在自己身上?這是一個閱讀過程中,讀者應思考的焦點。

三、黃春明小說自有其使用臺語的特色,如:「老樹敗根」俚語、「過往」、「做祖了」、「公媽」、「姨仔」、「伊」、「歹勢」、「灶腳」、「查甫祖」、「不在」、「呷飽未?」、「清茶」、「保庇」、「八仙桌」、「紅格桌」或「斷的那麼快」這些用詞國、臺語語碼轉換書寫的表達方式,除凸顯臺灣鄉土特色,也讓讀者更瞭解民間習俗,當然,有些臺語的用詞,很難以文字呈現,更難從口語瞭解它的含義,因此,黃春明的小說,文字運用上,國、臺語夾雜,這是無可避免的寫作方式。但某些臺語也保存古音,因此,閱讀黃春明小說,不妨可試試以臺語口音朗讀,增加閱讀過程的趣味性。

3.1.5 思考問題

一、臺灣社會早期是以「三代同堂」作為家庭倫理價值存在的主要現象，然而，當臺灣整體經濟結構進入工業化時期，這種「三代同堂」現象也隨之產生鉅變，年輕人為生活所需，紛紛離開自己生長的家鄉到大都會區為生活打拚，繼而定居於都市，原生家庭成為逢年過節才會回去「探親」的既熟悉又陌生的場所，對第三代孩子而言，「老家」更不知為何物？傳統家庭倫理價值瀕臨瓦解。因此，黃春明在當年目睹這些現象，創作許多短篇小說，冀望經由這些小說，引發現代人對這些存在事實的現象，如何面對？如何解決問題的思考：

（一）你認為臺灣早期社會「三代同堂」作法，在經過工業化，進入到今天資訊化的時代，是否仍然有存在的必要？

（二）為人父母，將養育子女、投資子女，視為必然，然而，子女長大之後，卻視父母的關懷為嘮叨、囉唆，也覺得父母行動緩慢、記憶不好等行為令人厭煩，亟欲與其保持距離，忘了將來自己也會老化，下一代視我，將如同我對待上一代。黃春明將此現象稱之為「人文矛盾」。請問你如何看待這一問題？

二、進階思考問題：

（一）西方家庭結構，孩子長大成為獨立個體，便不再依附父母，自可選擇離家獨立一戶，與父母的關係未必親密，此作法與華人社會對「家庭」存在的認知，或許有差異？請問，對此一問題，你的看法如何？

（二）臺灣近三十年來，臺灣人與非本國籍人結婚或同居，日益增多，其第二代，現多已二十多歲，面臨不同國籍、不同生活習慣、教育理念等所產生有關雙方在「家庭」價值、倫理、文化融合等矛盾，你認為該如何解決？

3.1.6　習作

◎習作一

「家有一老如有一寶」每一位長輩都是家中的寶，請以你與家中長輩（如阿公、阿嬤、外公、外婆……）相處或生活在一起時難忘的、有趣的經驗，或共同完成一件事的回憶，藉由採訪家中的「寶」，製作成投影片，並在課堂上口頭報告，與同學分享講述你的家族歷史。（附件一）

◎習作二（2-1、2-2 題擇一作答）

習作二（2-1）：

〈死去活來〉一文中，作者採用第三人稱的觀點，將主角粉娘二度彌留與甦醒情形，兒孫輩們前後不同的反應與內心的想法描繪出來，對於老人問題的觀察、體會與思考甚為深刻。請依每個角色（粉娘、兒子、孫子、媳婦）不同的立場、思維及視角，談談你個人的想法。（附件二）

習作二（2-2）：

臺灣高齡人口逐年增加，獨居老人的比例越來越高，請你想像五十年後自己的樣子，要過怎麼樣的生活？可能遇到的問題有哪些？解決問題的策略？請以「我的老年生活」為題，規劃你的老年生活藍圖。（附件二）

附件一：採訪寫作

班級		姓名		學號		評分	
採訪主題				訪談時間			
與受訪者的關係				訪談地點			
受訪者基本資料							
姓名				年齡			
學歷				職業			
其他 相關資料	1. 2.						
訪談大綱	1. 2. 3.						

	提問	回應
1		
2		
3		
4		
5		
6		
7		
8		
9		
10		

採訪報導寫作（三百字以上）

訪談心得（三百字以上）

請張貼與採訪者合照一張

※備註：提供Word檔供學生使用。

附件二：習作單

班級		姓名		學號		評分	

題目：

3.2 族群

李世珍　編撰

3.2.1　解題

一、學習目標

　　九二一地震後，臺灣興起一股關注在地文化的風氣：社區總體營造[1]、大家來寫村史[2]、傳統產業風華再現、閒置空間活化與利用、籌設地方文化館等的活動，如雨後春筍般，在臺灣的各個城鄉社區聚落展開，客家聚落與原鄉部落也動了起來；在災難過後的重建工程中，驚覺文化的保存已刻不容緩。沒有文字的部落，語言流失、耆老凋零、慶典觀光化等現象，更加劇部落文化斷層的速度。在保存族群傳統文化的同時，臺灣的主流文化正以驚人的速度衝擊甚至取代原住民族群的文化，使其失去它固有的特色和個性。對於族群文化的自覺自省，透過人、文、地、產、景的田野調查、耆老訪談、生活智慧、文史探源、地方學等方式，為族群文化的整理與活化注入一股新力量。文化部也鼓勵民間主動提報村落文化發展計畫[3]，希望透過計畫的推動，鼓勵在地居民一起動手作村落事，不論是閩南、客家、原住民或新住民，透過在地書寫關注自己生長的故鄉，重新認識自己的族群文化。

1　社區總體營造，首見於 1994 年臺灣文建會政策說明書，以建立社區文化、凝聚社區共識、建構社區生命共同體的概念，主要目的是為了整合「人、文、地、產、景」五大社區發展面向，而產生出來的政策性名詞。簡單的說，是營造新的人、新的社會、新的生活價值觀，是一項「造人」的運動。2002 年，「新故鄉社區營造計畫」納入「國家發展重點計畫」之一。詳見「文化部‧臺灣大百科全書」，http://nrch.culture.tw/twpedia.aspx?id=3972

2　1998 年中華民國社區營造學會和臺灣省政府文化處合作規劃推動的「大家來寫村史——民眾參與式社區史種籽村建立計畫」，在全省邀請十個社區作為試點，進行試驗性的民眾寫史運動，是一個企圖從草根重建文化自覺和社區認同的新嘗試。而在九二一地震之後，各縣市政府陸續推動「大家來寫村史」的計畫，2004 年彰化縣政府文化局推動「大家來寫村史計畫」，目的是為彰化縣五百八十八個村里能有自己一本記錄歷史的書，邀集了專家學者成立編撰委員會，並開放給民眾提出自己的村史寫作。

3　村落文化發展計畫，文化部為持續培植公民文化素質，鼓勵各界將藝文資源帶入村落、社區、部落或資源弱勢地區，提升村落藝文發展，均衡城鄉發展及落實文化平權，厚植臺灣在地文化為國力發展之軟實力。詳見文化部「村落文化發展計畫」，https://www.moc.gov.tw/content_270.html

　　臺灣主流文化的生活圈，侷限了大家對臺灣原住民文化的接觸與瞭解，《賽德克‧巴萊》[4] 電影的上映，一時之間臺灣興起了原住民文化熱潮。透過本文的閱讀，期待在認識原住民心聲後，懂得並嘗試理解，他們急欲在社會活躍抗爭，爭取自身利益的原因。大自然萬物與祖先的庇蔭，支持著他們朝漫長而遙遠的道路前進，透過對等與尊重的信念，越來越多的原住民邁向文學創作之路，期待迎來的是少數族群未來真正落實的平等與尊重。

　　本課學習目標如下：

（一）**提升文本閱讀能力：**瓦歷斯‧諾幹的文筆流利，文字精鍊，視野清新，感性流露。以主題式的短文方式，進行部落文化歷史的田野調查書寫，易於閱讀。

（二）**增進族群文化的理解力與包容力：**臺灣文化是多族群多元面向的組合，透過文本的閱讀，可加深對族群文化的理解；並在瞭解的過程中，增加對族群文化的包容力。

（三）**具備田野調查能力：**臺灣之前推動「我們的島」、「大家來寫村史」與「國家文化記憶庫」等計畫，將臺灣隱藏版的文化 DNA，透過田野調查的方式，一一建構起來。本文課後習作，將提供臺灣社區資源調查表、人物訪談同意書與人物訪談紀錄表，藉此訓練學生的田野調查能力。

（四）**培養在地書寫能力：**「在地書寫」（Local Writing）強調的是自覺性、真實性、親近性和原鄉情懷。從自己的角度下筆，呈現自己最真摯的感情，讓更多關於閱讀、關於自己、關於地方的生活點滴留下珍貴的紀錄。法國思想家傅柯（M. Foucault）說，書寫是一種權力（writing is power），你不書寫就只能等著別人來寫你。本文結合臺灣文學網的文學地景[5]，將閱讀看作是記憶的微旅行，讓文學與土地融為一體。作品不再只是紙上呈現，而能鋪陳於大地，成為文字的風景。從「讀人所寫」到「寫我所讀」，再發展到「讀我所寫」，其最終的目的，即是創造另一個閱讀的世界。

---

[4] 《賽德克‧巴萊》是一部 2011 年臺灣導演魏德聖拍攝的電影長片，改編自邱若龍漫畫《霧社事件》，片名《賽德克‧巴萊》意為「真正的人」。分為上下兩集：上集以象徵日本的〈太陽旗〉命名，描寫 1930 年莫那‧魯道帶領族人反抗日本長期壓迫原住民而引發的霧社事件；下集命名為〈彩虹橋〉，刻劃日軍鎮壓，莫那‧魯道帶領賽德克族浴血抵抗的過程，並深入刻劃族人從容犧牲後，越過彩虹橋回歸祖靈的故事。在族人的口傳中，人死後都必須踏上彩虹搭築的橋，遵守祖先禁忌的，就能安然通過；違反祖先禁忌的，將自彩虹橋掉下來，受到魔鬼的懲罰。

[5] 詳見臺灣文學網「文學地景」，https://tln.nmtl.gov.tw/ch/M12/nmtl_w1_m12_s0.aspx

二、導讀

　　《迷霧之旅：紀錄部落故事的泰雅[6]田野書》，是記錄部落故事的泰雅族田野調查[7]之作，作者瓦歷斯・諾幹將該書分為二部：「夏天的歷史節奏」是遠離故鄉的部落青年重回族群的反省與感慨；「田野之書」是作者上山下海走訪逐漸被年輕人遺忘的部落族老，留住即將消失的原住民歷史。書商給該書的評論：「回歸生命與記憶的原鄉，撥開迷霧，看見歷史的刀痕與吻痕。」此句提供讀者看待原住民文化，一個重新整理、認知、理解、包容與思考的方向。

（一）〈祖石〉，自己遲至二十八歲才從部落長者口中得知部落的起源地，一種突然警醒的領悟，彷彿從漢化族群認同中找到了自己的定位，遙遙深山回應著老人的心跳聲，也隱約指出失根族人尋根的方向。

（二）〈文面〉，是泰雅族人成年的表記，男性會狩獵、女性會耕田織布，始得在面部刺青；而早期族中獵頭多次成功的男子及織布技術超群的女子，才有特權在胸、手、足、額刺特定的花紋，為榮耀的表徵。但早期文獻卻記為「黥面」[8]，易與古代「黥刑」混淆，既是族人的成年印記，是令族人驕傲的文化，自然和「黥刑」有別，故作者改寫作「文面」。

（三）〈織布的老人〉，泰雅族老人說，生命是編織交錯的過程。泰雅女子，在十三、四歲跟著媽媽學習織布技巧，也開始為自己準備嫁衣。當少女的織藝精進，准許在臉上刺青，此時也是尋覓如意郎君的好時機，一位不會織布與沒有文面的女子在部落裡是沒有人追求的。而今織布的老人坐著交通車，原先自豪的織布技藝不再受重視，成了上下班制的工作；她們編織生命的過程卻成為觀光景點中的樣板。織布老人的黯然逝去，不僅是風華散去的哀傷，也是泰雅編織文化消失的悲嘆。

（四）〈消失的族人〉，全篇描述的是消失的族人，其實也是指曾經迷失的自己，遠離部落的生活、自己的母語，也遠離森林、遠離大自然的智慧。教科書不述說泰雅歷史、不再鋪陳泰雅精神，也沒有記載臺灣這塊土地上的泰雅人文精神。突然警覺

6　根據原住民委員會的記載，目前臺灣原住民族有十六族，其中泰雅族分布在臺灣北部中央山脈兩側，以及花蓮、宜蘭等山區，是臺灣原住民族中分布領域最廣的民族，總人口數 92,084 人（民國一〇九年一月）。

7　田野調查（Field Research），又稱田野研究（Field Study）或田野工作（Fieldwork），是對於描述原始資料蒐集的概括術語，其所應用的領域包括民俗學、考古學、生物學、生態學、環境科學、地理學、地質學、地形學、地球物理學、古生物學、人類學、語言學、哲學、建築學，及社會學等自然或社會科學領域。與其他在實驗室控制環境的研究相比，田野調查主要於野外實地進行。其他如訪問或觀察人們以學習他們的語言、民俗，和他們的社會結構等過程也都包含在內。

8　黥面，又稱墨刑、黥刑，是中國上古時代和朝鮮古代的一種刑罰，在人的臉上或額頭上刺字或圖案。本文的「文面」是指在臉上刺青，流行於南島語族，臺灣泰雅族、賽德克族，及東南亞部分民族皆有此習俗。傳統習俗上的「文面」，與刑罰用的黥面截然不同。泰雅族「文面」有三種圖案，方形、菱形和 V 字形，代表成年與成就，沒有「文面」的成年族人將無法得到族人的尊敬及認同，甚至無法論及婚嫁。泰雅族人相信，當人死去時，會回到祖靈的居所，祖先們則以臉上的刺青認定自己的子孫，因此，文面也是死後認祖歸宗的標誌。

到自己似乎已離泰雅十分遙遠，更遑論傳遞先靈們傳下的智慧。如今他已然覺醒，透過正名，正一步步重拾屬於泰雅的尊嚴，但其他正在消失的族人呢？如何喚醒？著實令他憂心。

（五）〈部落的聲音〉，寓居城市的瓦歷斯，突然發現自己喪失泰雅族的成年印記，沒有狩獵的本領，腦中亦無族群的歷史文化。受到部落聲音召喚，回到老部落的他，透過一次次的田野調查，逐漸找回散佚的泰雅文化和歷史。全篇以「部落的聲音」為名，實則是他正名尋根，傳承泰雅文化的心路歷程。漢名為吳俊傑的瓦歷斯，第一本散文集以柳翱為筆名，而後改以部落本名瓦歷斯・尤幹；在田野調查後發現名字的謬誤，再度正名為瓦歷斯・諾幹。瓦歷斯解釋這段「在錯誤中學習」的經過：「我們泰雅是父子連名制[9]，我是瓦歷斯，尤幹是我父親的名字，可是在那次的田野調查後才知道父親尚在不能直呼其名，必須變音，因此改為瓦歷斯・諾幹。」從漢筆名柳翱到瓦歷斯・諾幹，身為泰雅族人，不但要說自己的語言，更要用自己部落的名字。瓦歷斯要找回的不僅僅是部落殘破的歷史，更要尋求部落的立足點，讓族人在尋求自我認同時，也取得族群認同的共識。

3.2.2　作者

瓦歷斯・諾幹（Walis Nokan）1961 年生，漢名吳俊傑，臺灣泰雅族作家，出生於臺中縣和平鄉 Mihu 部落（今自由里雙崎社區），屬於 Pai-Peinox 群。省立臺中師範專科學校（今國立臺中教育大學）畢業，曾任教於花蓮縣富里國小、臺中縣梧南國小、臺中市自由國小、靜宜大學、國立成功大學臺文所、國立中興大學中文系。

瓦歷斯於師專求學間，以詩和散文為主，開始創作；在小學教書時，以「柳翱」為筆名發表第一本散文集《永遠的部落》，價值觀和文化觀接近漢人；而描繪他與學童的互動與關懷的系列作品，收錄於《山是一所學校》一書。

1985 年首先記載自己的部落，發表「部落記事」、「部落記載」系列散文創作，後來收錄於《永遠的部落》散文集。以族名「瓦歷斯・尤幹」在《自立早報》、《自立晚報》、《民眾日報》、《臺灣時報》、《自由時報》、《環球日報》、《首都早報》、《中國論

9　原住民的名制，在部落社會是用來區分人我和維持社會結構運作的法則。臺灣原住民各族的名制十分複雜，依照日本學者移川子之藏的說法，所謂姓，是個人、家族，以及氏族名稱的個別添用或併用而構成，原住民的姓名與我們所謂的姓名，有很大的差異。臺灣原住民的名制可分為親子連名制、親從子名制和姓名制，其中親子連名制，典型的有泰雅族、賽夏族、鄒族的父子連名制，阿美族的母子連名制等。以「瓦歷斯・尤幹」為例，「瓦歷斯」是其本名，不是他的姓；「尤幹」是他父親的名字，因為泰雅族的名制是用父子連名制，因此他的兒子就叫「飛鼠・瓦歷斯」，在本名之後連用父名。親子連名制對追溯祖先世系非常有幫助，可說是沒有文字民族最佳歷史記憶發明。以上論述詳見《臺灣風物》四十四卷一期。

壇》、《台灣春秋》、《文星》等報刊雜誌發表偏向在野與弱勢聲音的評論與文章。1989-
1991 年的評論文章收錄於 1992 年出版的《番刀出鞘》。曾獲時報文學獎、聯合文學小說
新人獎、臺灣省文學獎等多項重要文學獎，1996 年以〈伊能再踏查〉獲得時報文學獎新
詩類評審獎，之後出版散文集《戴墨鏡的飛鼠》，確立寫作方向。

　　瓦歷斯・諾幹返回部落投入田野調查後，發現名字拼音上的錯誤，而正名為瓦歷
斯・諾幹。1990 年代創辦原住民文化刊物《獵人文化》和「臺灣原住民人文研究中心」，
創作展現泰雅族的文學風格《原報》，對原住民現況作深刻的反省與批判。《獵人文化》
雜誌除了有原住民大事件、原住民論壇、族群歷史，與世界原住民接軌等設計外，每一
期必定有實地到部落踏查的田野報告，瓦歷斯習慣性地穿插各部落的歷史人文資料，實
地瞭解該部落今日的困境與政策的失當。這樣的田野調查，讓瓦歷斯能更瞭解原住民底
層的聲音。回部落定居後，對故土親族有更強烈的思念，更肩負了能否延續族群文化的
強烈使命。

3.2.3　課文

遙遠的聲音

瓦歷斯・諾幹

一、祖石

　　台灣的中央山脈有塊遠古的石頭留傳下來，神話中，它並不發出任何聲音，卻接受了神鳥 Silig（西麗克）[10] 的鳴叫而迸裂，迸裂後的石頭出現一男一女，泰雅族人堅信這正是他們的祖先，並且尊敬地稱呼那塊石頭為 Pinsbukan（賓斯博干）[11]，意思是：「突破石頭。」

　　作為一位台灣原住民族——泰雅族族人，我一直要到二十八歲才從老人家發出沙啞的口傳聲中聽到。那一天，我在 Skayaw（鹿角，今環山）的山上，清楚地看到老人以枯枝般的手指指向東南邊的山脈心臟，我相信，有一個聲音從山的深處傳來，遙遠而綿長的聲音，回應到老人的四心房。

---

[10] Silig（西麗克）：泰雅語，又寫成 siliq（希利克鳥），就是繡眼畫眉，是臺灣泰雅族神話中的神鳥，負責與泰雅族人傳達天神的旨意，也就是泰雅族人鳥占的占卜鳥。泰雅族人生活中如打獵、開墾、工作、結婚、文面、出草等行為時，都會以此鳥占卜，判斷吉凶。

[11] Pinsbugan：又作 Pinsbukan，指的是泰雅族的起源地——南投縣仁愛鄉發祥村。泰雅族分為賽考列克群（Seqoleq）與澤敖列群（Tseole）兩群，泰雅族人起源傳說在遠古時代，由大石頭爆裂走出男、女性的祖先，之後才遷移到各地的部落。而大石頭爆裂的起源地，賽考列克群認為在南投縣仁愛鄉發祥村（Pinsbukan）的瑞岩，又稱為賓斯布干（Piasebukan）；澤敖列群則認為起源地在新竹五峰的大霸尖山。

二、文面

　　童年的部落，我已經習慣於一張張老人墨綠痕印的文面閃現在眼前，他們似乎並不發出任何聲響，圖案般的顏臉活似一張張尋常的畫布，在空空蕩蕩的山中，他們只是靜靜地展開、靜靜地燦爛，最後，安靜地埋入土壤中。

　　來到都市中求學，我愈來愈感受到緩慢而洶湧的意識在改變我。漢人的典籍上清楚的記載著我的族人正是「王面番」、「黥面番」[12]，幾次在夜夢中，我看見自己臉上因出現蛛網般的文面而驚醒過來，這個夢一直隱藏在多年後的求學午夜中，如鬼魅般隨伺在旁！

　　日後在訪問族老的口傳中，我慢慢能夠理解「文面」帶給族人的意義，它是一個宣告、一個責任的印記、一個尊嚴的證據、更是一個通往祖靈[13]之路的接點。女子懂得織布、懂得孝敬長輩、懂得持家，才獲有文面的資格，被視為「成人」[14]的象徵。

　　當我驚訝這是族人的瑰寶時，文面的老人正以流水的速度消失在手指間。埋藏在中央山脈、雪山山脈兩側的文面，逐日成為我尋訪族群歷史隱隱的傷痛，它們緩慢而洶湧的發聲，像清晨的鼓點，安靜且堅定。

---

12 黥面番：音ㄑㄧㄥˊㄇㄧㄢˋㄈㄢ，臺灣原住民泰雅族和賽夏族人有在臉上刺青的風俗，因此在清代即被稱為「黥面番」。

13 泰雅族的超自然力量信仰觀稱為 utux，當中最重要的就是祖靈觀念，祖靈是影響運勢興衰的守護者，遵守祖先留下的訓示與行事規範（gaga），可讓身體健康、農作豐收，若違反祖訓 gaga 會遭受祖靈懲罰而災禍連連。泰雅族重視祖靈與祖訓 gaga，各項農務相關的播種、除草、收穫祭儀中，都有對祖靈的敬謝儀式。

14 早期泰雅族人的成年儀式除了文面以外，還有鑿齒的習俗。泰雅族的男女青年到了十五、六歲時，他們的父親會準備好小榔頭，和一根大約二十公分長的小鐵棒，對準上排牙齒左邊的一顆大牙，用力敲擊並使其掉落。這些青年能夠忍受疼痛，代表他們確實已經成年。

心 得 寫 作

三、織布的老人

兩年前，友人帶我到太魯閣國家公園布洛灣，我看到族中幾位文面老婦人被安排在織布展示區中，她們臉上的文面正與織出來的布紋，相映成凋落與繁華的映像，如此鮮明的詩的斷裂並不被遊客所注意，展示區中多的是文明人的輕忽與訕笑。

友人說：「她們是上下班制，管理處有專車接送。」

我很清楚觀光資本文化那一套運作的模式，作為異地的、奇俗的、荒野的文明，它的命運通常必須展示在文明的國度中證明荒野文明的存在，這一個普遍的事實，經常擊痛一個少數民族衰落的心臟。

一年後，其中一位老婦人因年邁臥病，不得不退居家中休養。那一天再到秀林鄉，原來是希望能夠採錄關於跨越兩個時代的婦女生命史，再看到老婦人時，一床陰冷糾結的床被，正緊緊纏住逐漸瘦弱的身軀，在微暗的屋室中，宛如蟒蛇正緊擁著獵物。

「要不要照個像，你報導要用的？」友人對我說，並且透露出老婦人是日領時代「太魯閣事件」[15]中抗日總頭目的女兒。這時，家人正輕喚著老婦人的名字，希望她從昏迷的國度中轉醒，我看見蝙蝠般皺縮的婦人，唯一的亮光發自那雙垂目，我看見老婦人繁華的歲月乍然閃亮又瞬即黯淡⋯⋯。

---

[15]「太魯閣事件」泛指日本入主臺灣直至「太魯閣抗日戰役」之前，日本人與太魯閣人的一切衝突。太魯閣族抗日戰役，是為了保護土地、生存、財產，抵抗入侵者日本軍警。自 1895 年日本據臺後的第二年（1896 年），因不尊重族人習俗或侵佔土地，一連發生數次衝突。1906 年八月一日花蓮泰雅族人「太魯閣蕃」十四社聯合襲擊日人賀田組為主的腦寮區，擊殺區內賀田組人員、日人腦丁、教員共三十餘人，花蓮港支廳長警部大山十郎亦遇害，史稱「太魯閣事件」。此後日本總督府實際執行其政治統治意志於太魯閣社會中，連年戰爭、集團移住、禁制舊習、灌輸日本文化等手段，摧毀太魯閣傳統社會文化甚鉅。

幾天以後，老婦人過世了，我並沒有過多的悵惘，因為我並沒有攝走老婦人的文面，她將帶著泰雅的印記越過彩虹之橋[16]回到祖先的懷抱。一直到現在，老婦人閃現的驚鴻一瞥，漸漸形成記憶時空裡莊嚴的迴聲，一次又一次地，愈來愈感受到那迴聲的形體，比母愛還柔嫩、比繡眼畫眉還動聽。

四、消失的族人

我看見自己的族人消失在都市中。

「我不是 Atayal[17]」

我聽見族人的聲音在叢林般的都市高樓中隱隱發聲。

族人改變突起的喉音發聲，不再發出優美的族語。就在這一片生養他的土地上，我看見他奮力地扯下喉嚨，在無人的暗夜中吞下。

在燈光照耀的辦公室裡，我的族人穿上西裝打著藍色的領帶，喉嚨以下是畢挺的衣料，正好掩蓋住黧黑[18]的膚色。在都市一角，我看見他努力地剝下一層肌膚，為了不讓別人看見部落的顏色，悄悄地，他將肌膚吃下。

---

16 作者在文末說明，在族人的口傳中，人死後都必須踏上彩虹搭築的橋，遵守祖先禁忌的，就能安然通過；違反祖先禁忌的，將自彩虹橋掉下來，受到魔鬼的懲罰。彩虹之橋（泰雅語：Honguutux），依泰雅語直譯應作神靈橋、靈魂橋或靈魂之橋，是泰雅族臺灣原住民神話中所出現的一座通往永生的世界的橋樑，一般由祖靈或螃蟹守護，而只有擅獵能織的文面男女才能通過檢查，順利通過彩虹橋。泰雅族傳說，泰雅族相信人要走向永生的世界，須通過彩虹橋。彩虹橋高大壯觀，與天頂相接，非常亮麗。高掛天空現弧形的弓一般。而在橋下的深淵，有一條怒濤澎湃的大河穿越，裡面滿布鱷魚和巨蟒。在橋的一頭，有一個良善的靈（審判者）日夜把關，而無人能夠僥倖過關；把關者的任務是審判人們在世時的行為與心思。

17 Atayal：又稱 Tayal，族人自稱，「人」的意思。今中文稱為泰雅族。

18 黧，古作「黎」，黑的意思。《戰國策・秦策一》：「形容枯槁，面目黧黑，狀有愧色。」也作「黎黑」。

　　我的族人在都市中虛心學習，吃西餐時手上帶著優雅的白手套，飲前酒是必須的，他的習慣像西洋電影中的歐美人，那一天他回到十坪不到的小套房，走路的腳與握手的手都不見了，他高興地笑了起來。

　　後來，我只看見他的頭顱遊走在大街小巷中，為了遺忘山的方向，他的眼睛只剩下兩泓[19]黑黑的空洞，再也看不到任何東西，包括自己那一座山的故鄉。

　　後來，我就不再見到他，像搖動的風，幽靈一般的闖入又消失。

　　族人在城市消失的速度，就像一句遲來的喟嘆，若有若無地穿進我的耳膜又離去，消失的族人，最後，只剩消失的聲音。

五、部落的聲音

　　寓居城市多年，有一天，我在清晨的鏡中發現自己正逐漸消失中，我的臉上沒有文面、手足沒有狩獵技能、心中沒有承擔族人危難的勇氣、腦中沒有熟悉族群歷史的記憶，像一枚山野中凍壞的果子，等待腐爛。

　　每一次遙望雪山山脈下的部落，有一個堅定的聲音傳了過來。今年酷熱的八月，順著聲音的方向回到部落，童年的文面，如今，只能在一次次的田野調查中，印證祖先曾經有過美好的傳統；在一次次老人的口語傳說裡，編織著屬於泰雅的斑駁歲月。

　　在部落的清晨醒來，我聽見鐘鼓一般的聲音，因遙遠而微弱、因持續而堅定，我知道那遙遠的聲音從中央山脈發聲，乘著樹梢的羽翼滑過來了，它們越過一座一

---

19 泓：音ㄏㄨㄥˊ，清水一道或一片叫一泓。如：一泓清泉、一泓秋水；此處兩泓黑黑的空洞，指沒有眼珠的兩個眼眶。

座山脊，向四面八方擴散開來，向年輕的生命注入竹琴[20]
的音響，向幼小的孩童宣告我們是 Pinsbugan[21] 的子孫。

本文選自瓦歷斯・諾幹（2003），《迷霧之旅》。臺中市：晨星。

本文由瓦歷斯・諾幹先生授權使用。

---

[20] 口簧琴是以竹片製作成的口琴，臺灣各原住民（除達悟族外）都有類似
　　的樂器，對泰雅族來說具有近距離的傳話、談心功能，以琴音抒發弦外之音，
　　如情愛、喜怒等情緒。

[21] 同註 11。

心得寫作

3.2.4 習作

一、請同學們選定一個部落或一個社區，進行社區資源調查。

班級		姓名		學號		評分	

表 01 臺灣社區資源調查表

資源類別	說明	社區資源調查結果
歷史文化資源	例如老厝、土角厝、廟宇、草仔粿	
藝術文化資源	例如土風舞隊、北管、獅隊等	
產業美食資源	例如市場、啤酒廠、磚窯廠、小吃	
水資源	例如溪流、古井、泉水	
農村產業	例如荷花池、稻田、果樹、花卉	
鄉土特色及童玩	例如陀螺、竹製品	
自然生態資源	例如鳥類、老樹、昆蟲等生態	
景觀資源	例如田園、市景、地標、夜景	
地方節慶	例如媽祖遶境	
其他資源	例如人才、人文、居民共識、參與度、活力、未來計畫、長期發展	

※說明：請以自己居住的社區為範圍，寫出社區有哪些資源？（寫不出來表示自己不關心、不熟悉自己的社區）

表 02 社區常民（既有）活動表		
時間（國曆或農曆）	活動名稱	內容

※說明：請想一下自己居住的社區有哪些既有活動？

二、人物訪談

班級		姓名		學號		評分	

表 03 人物訪談同意書

人物訪談同意書

　　您好！我們是僑光科技大學 _____ 系大一的學生，目前正修習「大一國文」課程，由 _____ 老師指導。課程要求每位學生須進行人物專訪，訪談內容將作為以下用途：

一、於課程中，以簡報與口頭發表的形式進行課堂分享。

二、若您同意的話，訪談內容亦會置於教師數位教學平台供同學觀摩。

　　在訪談過程中，為了避免資料遺漏或錯誤解讀，將視需要進行錄音、拍照或筆記，但一切訪談紀錄均僅供課程報告之用；所完成之報告亦僅作為教學平台上教育分享之用。誠摯地邀請您參與本次訪談，若您對訪談過程、資料運用及其他事項有疑問，均可要求我們或指導教師提供詳盡說明。謝謝您！

指導教師：_____老師　　現職：_____系專任（兼任）

學生姓名：_____　　　　學號：_____

聯絡電話：_____

_____

我同意接受訪談，並同意訪談內容分享形式如下：（請勾選）

□ 學生在課程中以簡報與口頭發表的形式分享。

□ 學生在課程中以簡報與口頭發表的形式分享，簡報內容置於教師數位教學平台供同學觀摩。

　　　　　　　　　　　　　　簽　　　名：_____

　　　　　　　　　　　　　　聯絡電話：_____

　　　　　　　　　　　　　　　　年　　　月　　　日

本同意書一式兩份，一份由受訪者留存，另一份由訪問學生存檔並影印交回。

表 04 人物訪談紀綠表

時間：　　　年　　　月　　　日（星期　　）

地點：

受訪者基本資料：＿＿＿＿＿＿＿＿＿＿＿＿＿＿＿＿＿＿＿＿＿＿＿＿＿

姓名：＿＿＿＿＿＿＿＿＿性別：＿＿＿＿＿＿＿＿＿年齡：＿＿＿＿＿＿

教育程度：＿＿＿＿＿＿＿職業／經歷：＿＿＿＿＿＿＿＿＿＿＿＿＿＿

聯絡方式：電話／手機＿＿＿＿＿＿＿＿＿＿＿＿＿＿＿＿＿＿＿＿＿＿

採訪重點：

照片 01	照片 02
照片簡要文字說明：	照片簡要文字說明：

採訪者：＿＿＿＿＿＿＿＿＿＿＿；拍照者：＿＿＿＿＿＿＿＿＿＿＿＿

受訪者簽名：＿＿＿＿＿＿＿＿＿＿＿＿＿＿＿＿＿＿＿＿＿＿＿＿＿

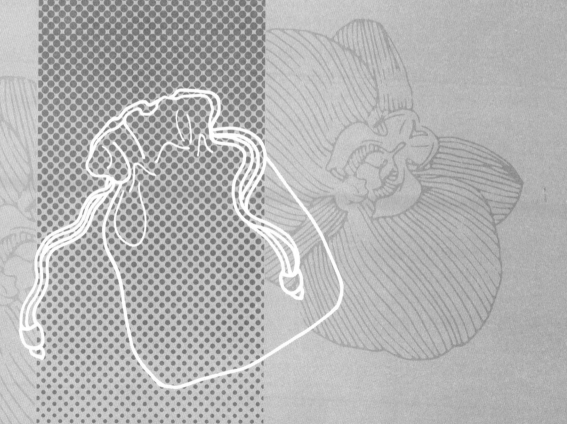

單元 **4**
敘事力

4.0 | 導讀

簡秀娟　導讀

全世界最有影響力的人，不是政治人物，是最會說故事的人。

——賈伯斯（Steven Paul Jobs, 1955-2011）

「敘事」是什麼？簡單地說：「敘事就是說故事。」那麼「故事」又是什麼呢？所謂故事，其實就是由一系列被講述出來的事件組合。換句話說，故事是通過一連串事件變遷，使得主人公內心產生變化，促使他採取因應的行動，這些行動或許成功或許失敗，無論成敗如何，最後主人公都會因為這些行動，而導向一個不平凡的結局。

明白故事為何之後，我們還需要解決一個問題：「人類為何需要故事？」其實喜歡故事幾乎可說是人類的本能，這是因為人類大腦中有個獎勵中心（杏仁核），它會被好故事所激活，從而分泌令人快樂的化學物質，讓人發自內心地感覺良好。

科學家曾經作過一個有趣的實驗，讓受試者邊看電影，邊為他們的腦部進行核磁共振。實驗發現當電影中的主人公遇見了某種狀況，如果受試者在先前的生活中也曾遇過相同的境遇，那麼他大腦裡的同一部位就會被激活。後來又有人做了其他相關實驗，發現不只是看電影，就連閱讀文字寫出的故事，也具有同樣的效果，因為喚起大腦反應的，主要是來自故事的內容。

故事的影響力，絕非只是為我們帶來良好的感覺而已。事實上，故事還能發揮實質功用。例如，故事可幫助我們理解身處的世界，進而幫助我們創造更有利於生存的條件。

這是因為我們所處的世界，許多正在發生的事情，經常是以零碎、模糊和不確定的資訊碎片形態出現，等待著被我們認知和處理。若想要正確地察覺它們，並作出有效的回應，勢必就得將這些資訊碎片，依靠邏輯推理和因果關係拼湊成較完整的、可被大腦理解的事件。即使對於那些暫時無法掌握的事實，我們的大腦也能夠運用想像力及創造力，去補白和創造其因果關係，以解除我們的迷惘不安，滿足爆棚的好奇心，甚至能幫助我們從中找到更好的生活策略。

上述這些整合資訊碎片的能力，其實就是創造和解讀故事的能力。換言之，在不知不覺中，我們的故事力已在日常生活中，持續得到訓練和提升的機會。

此外，由於人類自古以來即採取群居的生活形態，因此每個個體必須具備能夠感受人類共同情感的能力，這個能力使得我們在聽到一個好故事時，總能設身處地站在故事中的主人公的立場上，對他所遭遇的境況感同身受。透過故事所傳遞的情感、概念或信念，往往比直接說理或說服，更容易打動人心。難怪蘋果公司已故的執行長——賈伯斯會如是說：「全世界最有影響力的人，是最會說故事的人。」很明顯的，他已認識到故事的強大力量。

在這個單元中，準備兩個跨越遙遠時空來到現代的古老故事，讓大家體驗好故事歷久彌新仍然能夠令人產生共情的能量，以及故事中所蘊含的發人深省的深刻意涵。其一是來自兩千多年前的敘事詩——〈氓〉，女主人公用獨白的形式，娓娓道來她人生所經歷的一段悲喜交織的婚戀故事。

女主在沃如春桑的美好年華，曾與一名男子相識、相戀，進而走入婚姻。婚後多年來，女主為了所愛的人，無怨無悔不辭辛勞地操持家務。在這過程中，女主對丈夫的愛始終如一，但丈夫卻漸漸三心兩意。等丈夫發家致富後，竟然嫌棄起妻子人老珠黃，不只對她忿怒漫罵，還對她施暴，最後更不念舊情地拋棄她，把她趕回娘家去。

在回娘家的路上，經過當年定情的淇水岸邊，女主不禁回憶如潮，想起從前種種，熱戀中的兩人，總是笑語晏晏，當時是何等堅定地相信，未來兩人一定能夠白首偕老。而這樣單純的願望，在丈夫變心後破滅了。在悲傷感慨之餘，女主最後提醒自己，不要再徒勞無功地回憶從前了，一切都結束了，什麼都別說了。

雖然詩的敘述到此打住，並沒有告訴我們女主未來的人生該怎麼辦，但在兩千多年後讀著這首詩的我們，總願意相信，這個能夠果斷和過去告別，懂得為人生畫下一道停損線來「療傷止血」的女主，就算婚姻失敗，就算只有自己一個人，肯定也能夠打起精神，勇敢地朝著下一段人生，昂首挺胸繼續前進。

第二個故事是距離現代一千多年前的〈枕中記〉，故事講述會神仙術的道士呂翁，在邯鄲路上的旅邸中，偶然邂逅一位務農的知識青年，兩人「共席而坐，言笑殊暢」。然而在閒聊中，青年話鋒忽然一轉，抱怨起自己生活困頓。呂翁好奇地問盧生他心目中安適的生活，究竟是什麼模樣。盧生因而把他心中「建功樹名，出將入相」理想人生和盤托出。

呂翁於是贈與盧生一只兩端開竅的青瓷枕，盧生枕藉青瓷枕做了一場美夢，在夢中實現了他所有的人生理想，卻也經歷了二次不在人生選單中的意外事件。一是遭受讒言而被貶謫端州，三年後才被召回朝廷；一次是被誣告「與邊將交結，所圖不軌」而被下制獄論罪。當生命受到嚴重威脅時，盧生才對過往一味追求富貴之行為有所反省，因而對妻子說出：「吾家山東，有良田五頃，足以禦寒餒，何苦求祿？而今及此，思衣短褐，乘青駒，行邯鄲道中，不可得也。」

在凶險的牢獄之災轉危為安後，盧生再次被放逐，這次是偏遠的驩州。數年後，大難不死更有後福，皇帝賜予盧生加官晉爵的榮寵，於是他又繼續沉迷於富貴榮華、聲色犬馬的生活，完全是「身後有餘忘縮手，眼前無路想回頭」的凡人思考迴路。

隨著時間的推移，盧生夢裡的富貴人生也來到尾聲，即便在他病重時，皇帝依然對他備加寵愛，不但宦官探病絡繹於途，更賜他名醫上藥來全力救治，即便如此，但到最後仍不免一死。

而在夢中死去的同時，盧生也正好從夢中醒來，發現自己仍身處於旅邸中，而呂翁仍坐在他身旁，旅邸主人所蒸煮的黍米還沒熟，眼前所見的一切也都和入睡前一般。

盧生悵然若失，過了許久，才對呂翁表示，他已從夢境中領悟人生的寵辱之道，窮達之運，得喪之理以及死生之情。明白呂翁的用意，是想以夢境來度化他，使他消除心中對富貴的執念。於是盧生最終對呂翁行了稽首禮，再拜才離開。

〈枕中記〉這個故事之所以能影響深遠，主要是作者透過一個生動有趣的奇幻故事，以寄寓所欲傳遞的道理，而不是以直接的方式進行說理。當讀者被故事的內容吸引時，就會主動將自己代入主角，跟著盧生感受他在夢中的人生際遇裡的各種高低起伏、榮辱得失、悲歡離合。隨著故事的情節安排，自行體會「浮生若夢」、「禍福相倚」的道理。進而發現人的一生其實極為匆促，因此不應該把時間浪費在追逐短暫、變動的事物上；人應該及時醒悟，積極善用生命時光，去追尋更為永恆、崇高的事物，以提升人生的境界。

4.1 | 情傷

劉素玲　編撰

4.1.1　解題

一、培養相關能力

（一）閱讀理解與邏輯敘事。

（二）面對情感的態度與生命價值觀。

二、閱讀策略層次

（一）擷取資訊——瀏覽全文，找出文本重要訊息。

（二）統整解釋——邏輯歸納與深層分析。

（三）省思評鑑——找出核心問題，統攝知能態度，提出合理看法及支持理由。

三、課程目標

期使學生：

（一）從文句意義的理解到文本的形式作法（賦比興），及對後世的影響等文學底蘊中建
　　　立先備知識。

（二）進而掌握人物的情緒情感，分析其個性及形象特質。

（三）從觀察主角女性的背景傳統與其對真愛的嚮往追尋中，思辨外緣因素，討論古今
　　　時空的落差。從而確立正向的戀愛觀念，陶冶道德情操。

　　總之，選文主題能激發學習興趣，開啟學生視野，鼓勵發揮聯想，培養對性別平權
及婚姻家庭的重視。

四、課文介紹

　　《詩經・衛風・氓》為春秋時代的愛情倫理悲劇，描摹生動，充滿畫面感。全詩分
六段，每段十句。依據版本為（宋）朱熹《詩集傳》（1974）。臺北：藝文印書館。

《詩經》背景知識：

（一）年代：從西周至春秋期間，在孔子之前已集結成書。

（二）子曰：「詩三百，一言以蔽之，曰思無邪。」強調它流露真誠的情感。

（三）體裁分類：風（各地民謠）雅（華夏正音）頌（祭祀舞容）。

（四）創作手法：賦（鋪陳直述）比（擬物寓意）興（引發聯想）。

（五）社會功能：《論語》記載孔子詳述讀《詩經》的好處：可以「興」──聯結想像，可以「觀」──考察外物，可以「群」──人際溝通，可以「怨」──紓解情緒。並且「邇之事父，遠之事君」，懂得倫理應對；還能「多識草木鳥獸之名」，精進博物之學。

可見讀《詩經》能薰陶涵養，變化氣質。子曰：「不學詩，無以言」，不僅是懂得修辭，並且言為心聲，誠於中而形於外。情緒管控能「樂而不淫，哀而不傷」，培養「溫柔敦厚」的態度宗旨，成為《詩經》的核心價值，歷久而彌新。

五、閱讀導引

中華民族最古早的詩歌總集《詩經》，〈衛風・氓〉篇是兼具文學與歷史敘事的代表作品。既對己身經歷的事件始末有詳盡的描述，也細膩刻劃了人物情感，塑造出鮮明的性格。

在故事講述部分，集中敘事結構完整，真實情節更凸顯了戲劇張力。儘管封建早期似可自由擇偶追隨所愛，然而一旦被休棄則須獨擔輿論指摘及親人責難，反映出傳統社會結構性的性別價值觀。

在情感表達方面，透過女主角以第一人稱對其遭遇盡情宣洩，且在後段三章夾敘夾議，控訴受虐之難堪。不僅委屈求全也襯出男方急躁易怒甚至暴力相向，生動形塑了人物性格。

通篇以人物活動為敘事中心，結構線索呈雙軌進行。從回憶追述己身遭遇為倒敘法；從故事發展：相戀私奔到婚後以至離異結局，則屬順敘法。

在寫作技巧方面，前兩章鋪陳雙方的笑謔熱戀，與其後受冷落厭棄的情節形成反差。描摹內心的糾結，悔恨激憤與身世悲涼的嗟嘆。靈活穿插比興手法，擬物喻人（如桑葉、淇水）既引發聯想又寄託意象。不但豐富了敘事內涵，更勾勒出人物形象，畫面感十足。堪稱後世敘事文學之濫觴。

在情感態度與價值觀方面，這首流傳在北方衛國的民謠〈氓〉表達女性對愛情婚姻的勇於追求，嚮往安定幸福的生活。可惜愛上的對象是流氓（流動之民──遷徙不定的

生意人）。透過她的長篇自敘，完整表達了閃婚從婚前婚後到婚變的心路歷程，充滿故事性。儘管她表現自尊清醒甚至剛烈的性格，最終仍因難逃命運的播弄而喟嘆不已，令人低迴省思，留下諸多情感態度及價值觀的困惑，成為現代婚姻的借鑒。

〈氓〉詩所道出的棄婦心聲，對先秦女性的自我認知，具有指標性意義。其中呈現的性別對待觀念迷思，多為社會討論之議題。據以設計成學習單，供學生思辨釐清，兼能練習表達力。

4.1.2　課文

詩經·衛風·氓

　　氓[1]之蚩蚩[2]，抱布貿絲。匪來貿絲[3]，來即我謀[4]。送子涉淇，至於頓丘。匪我愆期，子無良媒[5]。將子無怒[6]，秋以為期。

　　乘彼垝垣[7]，以望復關。不見復關，泣涕漣漣。既見復關，載笑載言[8]。爾卜爾筮，體無咎言[9]。以爾車來，以我賄遷[10]。

　　桑之未落，其葉沃若[11]。于嗟[12]鳩兮！無食桑葚。于嗟女兮！無與士耽[13]。士之耽兮，猶可說也。女之耽兮，不可說也[14]。

1　氓：流民，流浪遊蕩者，亦音ㄇㄧㄥˊ。

2　氓之「蚩蚩」：嘻皮笑臉的樣子。

3　「匪」來「貿」絲：非；交易。

4　來「即」我「謀」：親近；商議。

5　匪我「愆」期，「子」無良媒：拖延；第二人稱你。

6　「將」子「無」怒：發語詞，無意義；毋，不要。

7　「乘」彼「垝垣」：登；垝：音ㄍㄨㄟˇ，坍塌的；垣：音ㄩㄢˊ，城牆。

8　載笑載言：邊笑邊說。用法同於「載歌載舞」。

9　「體」無「咎」言：占卜的卦象；罪過不吉。

10　以我「賄」遷：財物，指私房嫁妝。

11　其葉「沃若」：鮮嫩多汁。

12　于嗟：于即吁，音ㄒㄩ，感嘆聲。

13　無與士耽：別跟男人鬼混。

14　不可「說」也：說辭，亦作「脫」，脫身。

　　桑之落矣，其黃而隕。自我徂爾 [15]，三歲食貧。淇水湯湯 [16]，漸車帷裳 [17]。女也不爽 [18]，士貳其行。士也罔極，二三其德 [19]。

　　三歲為婦，靡室勞矣 [20]。夙興夜寐，靡有朝矣 [21]。言既遂矣，至於暴矣 [22]。兄弟不知，咥其笑矣 [23]。靜言思之，躬自悼矣 [24]。

　　及爾偕老，老使我怨。淇則有岸，隰則有泮 [25]。總角 [26] 之宴，言笑晏晏 [27]，信誓旦旦 [28]。不思其反，反是不思 [29]，亦已焉哉 [30]！

---

[15] 自我「徂」爾：音ㄔㄨˊ，往赴，指嫁到你家。

[16] 淇水「湯湯」：音ㄕㄤ，水勢盛大貌。

[17] 「漸」車帷裳：音ㄐㄧㄢ，濺。把車前的帷幕都濺濕了。

[18] 女也不「爽」：失也，不爽表示沒過失。

[19] 士也「罔極」，二三其德：無邊際無盡頭，表示太過分了。二三其德：指用情不專。

[20] 靡室勞矣：沒有一間房不是辛苦打掃的。靡：無。

[21] 夙興夜寐，靡有朝矣：早早起床晚晚睡，沒有一天不辛勞。

[22] 言既遂矣，至於暴矣：惡言嘲諷完了，甚至還暴力相向。

[23] 兄弟不知，咥其笑矣：因事不關己而嘿嘿譏笑，表示看好戲的態度。

[24] 靜「言」思之，躬自悼矣：而。躬自悼矣：暗自哀傷。

[25] 淇則有岸，「隰則有泮」：隰：音ㄒㄧˊ，濕谷有邊際。對照己身痛苦卻無盡頭。

[26] 總角：孩童梳髮向上挽成雙髻，代表年少時光。

[27] 言笑「晏晏」：歡喜談笑安然自若，代表兩小無猜。

[28] 信誓「旦旦」：真誠懇切貌。

[29] 不思其反，反是不思：回過神來別再追憶了。

[30] 亦已焉哉：已經結束了，還有什麼可說呢？

4.1.3 延伸閱讀

《詩經・邶風・終風》——情緒起伏的戀人。

漢樂府〈艷歌羅敷行〉——面對挑逗的抉擇。

漢樂府〈孔雀東南飛〉——以身相殉的悲情。

4.1.4 議題討論

一、俗謂「男人不壞，女人不愛」是基於何種心理？到底致命的吸引力何在？

二、如何讓陷於熱戀者覺悟到自己愛上不該愛的人並調整行為？

三、詩中的比興「桑葉沃若」與「既落黃隕」現象，未婚女性的擇偶行情，果真受年齡姿色所影響嗎？

四、「兄弟不知，咥其笑矣。」出嫁女兒適合向娘家訴苦嗎？

五、古云：「不癡不聾，不作家翁。」娘家的態度能否改善夫妻關係呢？

4.1.5 教學活動

〈氓〉為一首敘事詩。可設計課堂活動，分組繪製故事山（開始→發展→高潮→解決→結束）。藉此模式掌握內容結構，學生對於情節發展組織整理，從中釐清思路。老師則對於找出的核心問題進行引導發揮，與學生討論解決之道。

故事山結構

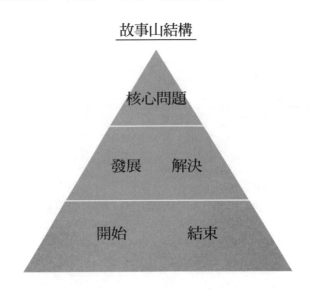

4.1.6 習作

班級		姓名		學號		評分	

題目一：《詩經》中頗多形成後世成語典故的由來。從〈氓〉詩舉兩個例證。

題目二：「士之耽兮，猶可說也。女之耽兮，不可說也。」性別對「處女情結」至今仍
　　　　有雙重標準嗎？試抒己見。

4.2 | 夢醒

簡秀娟　編撰

4.2.1　解題

　　課文〈枕中記〉選自《文苑英華》卷八三三。另《太平廣記》卷八二異人類亦收錄，注：出自《異聞集》。故事敘述自認人生不適的盧生偶遇習得神仙術的道士呂翁，盧生在呂翁點化的夢中，完整經歷一場凡人所嚮往的榮華富貴，醒來後終於體悟了人生之大道。

　　這個故事對後代影響深遠，後代以之為原型，創作了很多相關的故事：如宋代南戲《呂洞賓黃粱夢》；宋代有《南柯太守》；元代馬致遠作《邯鄲道省悟黃粱夢》；明代湯顯祖改編《邯鄲記》；清代蒲松齡作《續黃粱》等。

4.2.2　作者

　　沈既濟，祖籍吳興（今屬浙江管轄），生卒年不詳，一般推估約生活於西元 750-800年之間，為中唐的文學家、小說家。

　　唐德宗建中元年（780）宰相楊炎因其「博通群籍，尤工史筆」，推薦為左拾遺、史館修撰。後楊炎得罪權貴被賜死，沈既濟受到連坐，貶處州（今浙江麗水）司戶參軍。後又入朝，官位止於禮部員外郎。

　　沈既濟曾撰史書：《建中實錄》十卷，《選舉志》十卷，可惜皆已亡佚。傳奇創作《枕中記》和《任氏傳》，皆為名著。

4.2.3 課文

枕中記

沈既濟

　　開元七年[1]，道士有呂翁者，得神仙術，行邯鄲道中，息邸舍[2]，攝帽弛帶[3]，隱囊而坐[4]。俄[5]見旅中少年，乃盧生也。衣短褐[6]，乘青駒，將適[7]於田，亦止於邸中，與翁共席而坐，言笑殊暢。

　　久之，盧生顧其衣裝敝褻[8]，乃長歎息曰：「大丈夫生世不諧[9]，困如是也！」

　　翁曰：「觀子形體，無苦無恙[10]，談諧方適[11]，而歎其困者，何也？」

　　生曰：「吾此苟生耳，何適之謂？」

　　翁曰：「此不謂適，而何謂適？」

1　開元為唐玄宗年號；開元七年為西元 719 年。

2　息邸舍：在旅舍休息。

3　攝：整理。弛：音ㄔˇ，鬆弛。攝帽弛帶：整理帽子，鬆開衣帶。

4　隱囊而坐：靠著行囊而坐。隱：音ㄧㄣˋ，憑據、倚靠。囊：音ㄋㄤˊ，口袋、袋子，此處指旅行用的行囊。

5　俄：須臾、片刻。

6　衣短褐：穿著貧賤者所穿的衣服。衣：音ㄧˋ，穿。褐：音ㄏㄜˋ，粗布製成的衣服。

7　適：到、往。

8　敝褻：破舊污穢。

9　生世不諧：生不逢時。

10　無苦無恙：無苦惱亦也無病痛。恙：病痛。

11　適：舒適、自得。

　　答曰:「士之生世,當建功樹[12]名,出將入相[13],列鼎而食[14],選聲而聽[15],使族益昌而家益肥[16],然後可以言適乎。吾嘗志於學,富於遊藝,自惟當年[17]青紫可拾[18],今已適壯,猶勤畎畝[19],非困而何?」

　　言訖[20],而目昏思寐[21],時主人方蒸黍。

　　翁乃探囊中枕[22]以授之,曰:「子枕吾枕,當令子榮適如志[23]。」

　　其枕青甆[24],而竅其兩端[25]。

　　生俛首[26]就之,見其竅[27]漸大,明朗。乃舉身[28]而入,遂至其家。

---

12 樹:建立。

13 出將入相:在外則為大將,入朝則為宰相。

14 列鼎而食:比喻聲譽崇高,享有尊榮的地位。

15 選聲而聽:指居高位者可以指示樂隊依自己喜好演奏悅耳音樂。

16 家益肥:家族更加豐裕富足。

17 當年:正值有為之年,指少年或壯年時期。

18 青紫可拾:可以獲取高官顯位。拾:獲取。青紫:綁在官印上的青綬、紫綬,比喻高官貴爵。

19 猶勤畎畝:還在田間勞苦工作。畎畝:田間、田地。

20 訖:完畢、終了。

21 目昏思寐:視覺模糊想睡。寐:音ㄇㄟˋ,睡。

22 探囊中枕:拿出袋子裡的枕頭。

23 榮適如志:榮耀舒適如你所願。

24 甆:「瓷」的異體字。

25 竅其兩端:兩頭開了洞。竅:音ㄑㄧㄠˋ,鑿開孔洞,動詞。

26 俛首:低頭。俛:音ㄈㄨˇ。

27 竅:洞,名詞。

28 舉身:即縱身,將身騰躍而起。

數月，娶清河崔氏女[29]。女容甚麗，生資愈厚[30]。生大悅，由是衣裝服馭[31]，日益鮮盛。明年，舉進士，登第，釋褐秘校[32]，應制[33]，轉渭南尉[34]，俄遷監察御史，轉起居舍人，知制誥[35]。三載，出典同州[36]，遷陝牧[37]。生性好土功[38]，自陝西鑿河八十里，以濟不通，邦人利之，刻石紀德[39]。

移節汴州[40]，領[41]河南道採訪使[42]，徵為京兆尹[43]。是

---

29 唐代最顯赫的高門為五姓七族，史稱「五姓七望」，即崔氏（清河崔氏、博陵崔氏）、盧氏（范陽盧氏）、王氏（太原王氏）、鄭氏（滎陽鄭氏）、李氏（隴西李氏、趙郡李氏），時人以能娶五姓女為榮，本文中安排「娶清河崔氏女」情節，即意謂盧生可憑藉婚姻關係，取得晉身富貴的捷徑。

30 生資愈厚：清河崔氏女陪嫁的豐盛嫁妝，使盧生的家產更加富裕。

31 衣裝服馭：指生活中所穿用的衣服車馬。

32 釋褐秘校：初次授官即得到秘書省校書郎的官位。釋褐：脫去百姓的衣服改穿官服，為被初次授官的代稱。秘校：秘書省校書郎。

33 應制：參加制舉考試。

34 轉渭南尉：升調為渭南縣尉。轉：升調。唐代縣分七等，渭南縣為畿縣，為僅次於京都所在之赤縣的第二等縣，縣尉雖然只是基層文官，但渭南縣尉在唐代仍被視為前程看好的官職。

35 轉起居舍人，知制誥：知制誥掌理聖旨的擬稿工作，一般由中書舍人、翰林學士擔任。盧生任起居舍人乃職掌編寫皇帝起居注為主，獲命知制誥，在當時被認為是受到特殊錄用的榮寵。

36 出典同州：離開京城出任同州刺史。典：掌管、治理。

37 遷陝牧：遷官任陝州都督。

38 土功：指治水、築城、建造宮殿等工程。

39 刻石紀德：把盧生的治水功蹟刻在石碑上紀念。

40 移節汴州：指盧生由陝州都督調任汴州都督。節：旄節，鎮守一方的長官所持的節。

41 領：兼任。

42 河南道採訪使：唐設置十道採訪處置使，河南道為其中之一。

43 徵為京兆尹：奉特別命令由外官內調為首都長安的行政首長。徵：外官特命內調。

歲，神武皇帝[44]方事戎狄[45]，恢宏土宇[46]。會吐蕃[47]悉抹邏[48]及燭龍莽布支[49]攻陷瓜、沙[50]，而節度使王君㚟新被殺，河湟[51]震動，帝思將帥之才，遂除[52]生御史中丞、河西道節度，大破戎虜，斬首七千級，開地九百里，築三大城以遮要害[53]，邊人立石於居延山以頌之。

歸朝冊勳[54]，恩禮極盛。轉吏部侍郎，遷戶部尚書兼御史大夫，時望清重[55]，羣情翕習[56]。大為時宰[57]所忌，以飛語中之[58]，貶為端州刺史，三年，徵為常侍，未幾，同中書門下平章事[59]，與蕭中令嵩、裴侍中光庭，同執大政十餘年，嘉謨[60]密命，一日三接，獻替[61]啟沃[62]，號為賢相。

---

44 神武皇帝：玄宗的尊號。

45 方事戎狄：正在對西北的外族進行軍事行動。

46 恢宏土宇：開拓疆土。

47 吐蕃：唐代由藏族所建立的政權。蕃：音ㄅㄛ。

48 悉抹邏：吐蕃大將，新唐書作悉諾邏，開元十五年（727）大舉入侵邊關。

49 燭龍莽布支：燭龍，原為突厥居地，約在今俄羅斯石勒喀河上游以北一帶。後歸命於唐，為唐朝的羈縻州。莽布支，吐蕃將領。

50 瓜、沙：瓜州，位於今甘肅省境內。唐高祖武德五年（622）改瓜州為西沙州；唐太宗貞觀七年（633）改西沙州為沙州，治所在敦煌縣。

51 河湟：唐時是唐與吐蕃的邊境地帶。位於今青海省和甘肅省境內的黃河和湟水流域。

52 除：拜官授職。意即除去舊官改任新官。

53 遮要害：屏障重要之地，即掩護內地、京城。

54 冊勳：將功勞記於史冊。

55 時望清重：在當時享有清高隆重的聲望。

56 羣情翕習：人群樂於歸附。

57 時宰：朝中掌大權的百官首長。

58 飛語中之：以流言中傷他。

59 同中書門下平章事：唐代宰相代稱。

60 嘉謨：良好的政策。

61 獻替：即「獻可替否」的省略，意指：呈獻善道，取代不善。

62 啟沃：《尚書·說命》：「啟乃心，沃朕心。」孔穎達疏：「當開汝心所有，以灌沃我心，欲令以彼所見，教己未知故也。」即竭誠開導、輔佐君王之意。

同列[63]害之，復誣與邊將交結，所圖不軌。下制獄[64]。府吏引從[65]至其門而急收之[66]。生惶駭不測，謂妻子曰：「吾家山東，有良田五頃，足以禦寒餒，何苦求祿？而今及此，思衣短褐，乘青駒，行邯鄲道中，不可得也。」引刃自刎，其妻救之，獲免。其罹者[67]皆死，獨生為中官[68]保之，減罪死，投驩州[69]。

數年，帝知冤，復追為中書令[70]，封燕國公，恩旨殊異。

生五子：曰儉，曰傳，曰位，曰倜，曰倚，皆有才器。儉進士登第，為考功員外；傳為侍御史；位為太常丞；倜為萬年尉；倚最賢，年二十八為左袞[71]。其姻媾皆天下望族，有孫十餘人。

兩竄荒徼[72]，再登臺鉉[73]，出入中外[74]，徊翔臺閣[75]，

---

63 同列：即同僚。

64 制獄：皇帝特命監禁罪人的獄所。

65 引從：率領隨從。

66 急收之：倉促將他逮捕入獄。

67 罹者：被此案件牽連的人。

68 中官：指太監。

69 投驩州：流放至驩州。

70 中書令：唐太宗以中書省、門下省、尚書省三省共議國政。實同宰相之職。

71 左袞：即左補袞。補袞為唐代「補闕」的別稱，分左右，屬門下省，職務為諫諍皇帝，補救規諫君王的過失。

72 兩竄荒徼：兩次被流放到荒遠的邊域。

73 臺鉉：猶臺鼎。鉉：鼎耳，以代鼎。鼎三足，有三公之象，故以喻宰輔重臣。

74 出入中外：出入朝中外省。

75 徊翔臺閣：在高級官署中遷轉。臺：御史臺。閣：漢代原指尚書省，在唐代為中書省、門下省。

五十餘年，崇盛赫奕[76]。性頗奢蕩[77]，甚好佚樂，後庭聲色，皆第一綺麗。前後賜良田、甲第、佳人、名馬，不可勝數。

後年漸衰邁，屢乞骸骨[78]，不許。病，中人[79]候問，相踵[80]於道，名醫上藥，無不至焉。

將歿，上疏曰：「臣本山東諸生，以田圃為娛。偶逢聖運，得列官敘。過蒙殊獎[81]，特秩鴻私[82]，出擁節旄，入昇臺輔。周旋中外，綿歷歲時[83]。有忝天恩，無裨聖化[84]。負乘貽寇[85]，履薄增憂，日懼一日，不知老至。今年逾八十，位極三事[86]，鐘漏並歇[87]，筋骸俱耄[88]，彌留[89]沉頓，待時溘盡[90]。顧無成效，上答休明，空負深恩，永辭聖代。無任感戀之至，謹奉表陳謝[91]。」

---

76 崇盛赫奕：尊榮顯貴，顯赫光燿。

77 奢蕩：奢侈放縱。

78 乞骸骨：古代官吏自請退職，意謂使骸骨得歸葬故鄉。

79 中人：太監。

80 相踵：即接踵，指人來人往川流不息。

81 過蒙殊獎：蒙受皇帝超過常規獎勵。

82 特秩鴻私：給予特別的晉升與鴻大恩惠。

83 綿歷歲時：經過了漫長的時光。

84 無裨聖化：對聖化沒有裨益。此處為盧生的謙詞。

85 負乘貽寇：語出《易經‧解卦》：「負且乘，致寇至。」意為不稱職而招致禍事。

86 位極三事：官位達到人臣最高的三公之位，意即列於宰相之位。

87 鐘漏並歇：人生的歲月已來到盡頭。鐘、漏皆為計時器，此處借代為時間。

88 筋骸俱耄：身體衰殘。

89 彌留：病重將死。

90 溘盡：突然死去。溘：音ㄎㄜˋ，突然。

91 奉表陳謝：上表向皇帝表達謝恩之意。

詔曰：「卿以俊德，作朕元輔。出擁藩翰[92]，入贊雍熙[93]。昇平二紀[94]，實卿所賴。比嬰疾疹[95]，日謂痊平。豈斯沉痼[96]，良用憫惻。今令驃騎大將軍高力士就第候省[97]，其勉加鍼石[98]，為予自愛。猶冀無妄[99]，期於有瘳[100]。」

是夕，薨[101]。

盧生欠伸而悟[102]，見其身方偃於邸舍，呂翁坐其傍，主人蒸黍未熟，觸類如故。

生蹶然[103]而興[104]，曰：「豈其夢寐也？」

翁謂生曰：「人生之適，亦如是矣。」

生憮然[105]良久，謝曰：「夫寵辱之道，窮達之運，得喪之理，死生之情，盡知之矣。此先生所以窒吾欲[106]也。敢不受教[107]。」稽首[108]再拜而去。

---

92 出擁藩翰：在朝廷外成為圍牆、棟樑般的存在，防守邊疆。

93 入贊雍熙：在朝廷內協助太平盛世的治理。

94 二紀：二十四年。一紀為十二年。

95 比嬰疾疹：最近罹患了疾病。比：音ㄅㄧˋ，最近、近來。

96 沉痼：痼音ㄍㄨˋ，積久不癒的病。

97 就第候省：到（你的）宅第問候探視。

98 鍼石：即砭鍼，砭石，治病的醫療用具。此處借代為治療。

99 猶冀無妄：仍希望病能不藥而癒。《易・無妄》：「無妄之疾，勿藥有喜。」

100 期於有瘳：期望能夠痊癒。瘳：音ㄔㄡ，病癒。

101 薨：音ㄏㄨㄥ，古代諸侯或大官死亡。

102 欠伸而悟：打呵欠，伸懶腰而醒來。

103 蹶然：急起、驚起的樣子。

104 興：起身。

105 憮然：悵惘若失的樣子。憮：音ㄨˇ。

106 窒吾欲：阻遏我的慾望。

107 敢不受教：豈敢不接受教誨。

108 稽首：一種俯首至地的最敬禮。稽：音ㄑㄧˇ。

4.2.4 習作

班級		姓名		學號		評分	

題目：為什麼睡前還在抱怨自己人生不夠安適的盧生，在做了一場榮華富貴夢之後，即
　　　能醒悟「寵辱之道，窮達之運，得喪之理，死生之情」？請試著以盧生的視角以
　　　第一人稱寫一篇繁華夢醒後的心情和感想。

單元5
創作力

5.0 導讀

吳賢俊　導讀

5.0.1　從練習寫一行詩，體會什麼是詩意創作

當一首詩，乃至一句話，能夠深刻地產生美感，或有強烈的抒情意味，都可稱為有「詩意」。其實，如果不拘泥於詩的形制，一句有詩意的句子，本質上就是詩。

本單元從指導一行詩的創作，展開「創作力」的潛力開發。就以二十首一行詩作為創作起手式，題材有具體如吸管、枕頭；有抽象如暗戀、脆弱；有生活周遭熟悉的概念（植物人）與事（夢）、物（鑰匙），藉此廣泛的題材，打開初學一行詩者的方便之門。

5.0.2　創作力養成心路歷程的分享

王靖獻〈右外野的浪漫主義者〉一文，作者分享自身創作力養成的心路歷程。從捕捉內心的細緻意念與情感，擁抱浪漫情懷，形成美學經驗，到最後發為詩文。

本單元就透過該文作者的創作經驗分享，體會什麼叫「浪漫」，什麼是文學散文，進而深入體認什麼是「創作力」。

5.1 詩意——詩可以這樣玩

廖慧美　編撰

5.1.1　解題

現代 3C[1] 產品普遍，已深深影響人的思想與行為模式。3C 科技有其便利性與貢獻，卻也產生了諸多負面影響[2]；就閱讀與寫作而言，從民初到現今媒介[3] 的多元化，也產生了重大轉變，資訊讀取方便且迅速，鍵盤、滑鼠、電子筆、觸碰、點選取代手寫，電子圖檔、網路影音取代紙本，聽、說、讀、寫的教與學，已不可同日而語。處於「資訊爆炸」[4] 時代，大量資訊固然帶來許多方便與效益，同時也出現一些亂象，包括隱私、法律、倫理、訊息正確性和訊息篩選等問題，因此有人稱這是個「垃圾爆炸」的時代[5]。

面對資訊猛暴環境，在不斷「讀取資訊」和「處理資訊」之下，正確使用工具和善用數位閱讀環境之外，對閱讀與寫作能力該如何著手？或可從「閱讀素養」[6] 做起，這是從外在資訊內化成自身知能的學習過程，特別著重生活化、情境式的文本閱讀中，訓練「理解」與「詮釋」文本內容，加強「反思」及「批判思考」文本內容與文本形式的能力，對於自己的立場或主張，能夠依據文本內容加以分析，進而提出合宜的理由給予支持或反對。

本課從選文到教學架構設計，主要在練習「讀取資訊」和「處理資訊」，內化厚實「理解」與「詮釋」能力，進而加強閱讀與寫作、詩文評賞、Banner、廣告詞、行銷標

1　維基百科釋義：「3C，流行於臺灣的術語，是對電腦（Computer）及其周邊、通訊（Communications，多半是手機）和消費電子（Consumer-electronics）三種家用電器產品的代稱。」

2　不當使用或是過度使用 3C 所造成的傷害，網路媒體書報雜誌等的報導罄竹難書，舉凡對身體關節神經、視網膜、腸道消化、皮膚、精神、行為、睡眠、人際關係、社會行為、語言表達等影響甚鉅。

3　閱讀與寫作的媒介物如讀本、紙、筆、硯、墨、3C 等。

4　維基百科釋義：「資訊爆炸（Information Explosion）是指現代出版資訊或資料數量的急速增加，以及因如此大量而帶來的影響。當可用資料數量增加後，資訊管理的問題變得困難，更可能導致資訊超載。」

5　引自網路短文〈在這個資訊爆炸的時代，我們該怎麼辦？〉，https://zhuanlan.zhihu.com/p/39576043

6　PISA 國際素養評量主要運用素養（Literacy）的觀點來設計測驗，測驗的內容主要分為三個領域，分別為閱讀素養、數學素養及科學素養。閱讀素養的意涵：透過書面文本內容的提問，測試受測者是否能藉由理解、運用、自我省思等方式，以實現個人目標、發揮內在潛能及參與社會的能力。可參考孫劍秋「國際閱讀素養評量（PISA）計畫問答集（Q&A）」。

語等應用能力。課程目標有四項：

一、強化詞彙、句式閱讀的「語感」。

二、提升學生閱讀與寫作的應用能力。

三、學習廣告語式創意能力。

四、詩情畫意生活化。

5.1.2　作者

沈志方，1955 年生，浙江省餘姚縣人，眷村子弟。東海大學中文系、所畢業。曾任教於東海大學中文系及本校應用華語文系，今已退休。教授現代詩課程約三十年。

自 1986 年起即教授現代詩，曾獲東海文藝創作比賽散文首獎一次、現代詩首獎兩次、創世紀四十週年詩創作獎。著有詩集《書房夜戲》、《結局》、論著《漢魏文人樂府研究》等，詩作入選兩岸多種詩選及爾雅版年度詩選九次。

創作以現代詩、散文為主，擅長融鑄中國古典文學於現代。早期注重結構布局之跌宕，講究遣詞用字之驚奇與餘韻；後期則隨性書寫對生活的深沉感受與人生之觀照。多年寫詩、教詩，他定義一首好詩，必須通過「立即的驚喜」與「沉思的回味」兩項考驗。

5.1.3 課文

一行詩

沈志方

「一行詩」始於民國75年8月9日的聯合報副刊，早期若干詩人的二、三行短詩再濃縮一點，其實就是一行詩。

就一個完滿而燦爛自足的世界來說，一行當然可以為詩，而且，可能是更精鍊、更具挑戰性的詩。無論作者擁有多豐富、多不可思議的情思，都必須壓縮在一行內展現；以一行搏天地、二十字內定乾坤，對語言、詩思的錘鍊，都是極有趣的挑戰。

這就是詩，至少是詩的入場券。

1. 〈海〉

那麼廣大自主卻不炫耀，有一種低調的，自由……

2. 〈熬夜〉

在泡麵與咖啡杯之間迫降，在黑眼圈裡，尋找出路。

3. 〈吸管〉

心空後，才明白自己曾經這麼豐盈。

4. 〈上弦月〉

因為千古思念，每月，忍不住傾斜……

5. 〈人造花〉

因為怕錯過花季，只好天天盛裝打扮。

閱讀摘要

心得寫作

6.〈嫦娥〉

她在日記裡自省過無數次惡行，第二天都變成「偷竊」……

7.〈吳剛〉

砍下，癒合，砍下，癒合……他砍的是靈魂縫隙裏的各種慾望。

8.〈夢〉

夜，在你我額上烙上不同的故事……

9.〈歲月〉

潑了我一頭白，你，畏罪潛逃……

10.〈脆弱〉

一場車禍。輾死一個人，及一隻青蛙。

11.〈鑰匙〉

僅憑一排不規則的牙，就能嚼出——祕密的味道。

12.〈鈎上的魚〉

唧著，我已預約了來世。

13.〈邱比特〉

你問我中箭的感覺，我，笑著流淚。

14.〈再生紙〉

在棄婦的世界裡，重新對愛燃起希望。

15.〈遺忘〉

……終於，我將回憶裝箱，寄還原處。

16.〈暗戀〉

　　偷偷地，我小小心地知道了妳的百褶裙共十一褶。

17.〈露珠〉

　　竟夜孤寂的折磨，終於，我滴下一滴隨即蒸發的，淚。

18.〈植物人〉

　　逃離的靈魂，回頭凝望，支撐著空殼的身軀……

19.〈雲〉

　　你懂我的，你不懂我的，善變，與眼淚。

20.〈枕頭〉

　　讓我們一起安眠吧，我輕輕地，怕壓住你的夢……

本文由沈志方先生授權使用。

心 得 寫 作

5.1.4　閱讀導引

一、認識一行詩

　　現代詩篇幅相當自由，長詩如洛夫〈漂木〉三千行，短詩如羅門〈我最短的一首詩〉僅一行：「天地線是宇宙最後的一根弦」，所以一行詩是現代詩型的超級迷你版。詩人向明在他的《新詩一百問》之六十六問中說：

> 　　根據羅門先生的詮釋，這首詩是他寫過無數思想廣度與深度同時並重的長詩和短詩之後，他一生中所寫的最短的一首詩。同時自認是他創作中較獨特精彩的一個意象，以之獨立成詩。因此我們可以知道，這首詩雖然只有一行，但仍被認為是一首詩。至少作者本人是這樣認定。在這一切都被解構的世風下，詩本已無定型，亦無定法，這樣一行的詩也算是一種創新。

「獨特精彩的一個意象」是向明對一行詩的註解；「一行搏天地、二十字內定乾坤」是沈志方的詮釋，顯然以小（形式）博大（詩意）是一行詩的特質。現代詩無定型，也無定法，故有多種稱謂[7]，但「一行詩」的稱名，在詩壇已是共識[8]。

　　一行究竟能否成詩？這個議題很多教育者、學者、詩人、評論家都討論過，作為一行詩的領頭羊《聯副》曾舉辦座談討論[9]，主持人林德俊（筆名：小熊老師）拋磚引玉提出這樣的看法：

> 　　一行詩是屬於操作容易的入門款方案，因其篇幅短小，有快速建立詩句成果、方便即席分享等諸多好處；但也有壞處，讓初學者以為詩很好寫，一行就可以是詩，於是染上了只寫得出「詩句」而寫不出「詩」的「症狀」，不論創作或閱讀，衍生出耐力不足的問題。

這段話點出了一行詩入門的通病：只寫得出「詩句」而寫不出「詩意」。那麼怎樣的句子才有詩意？陳政彥教授的看法是：

> 　　當多數詩人能從中感受到詩的質素，多數讀者能從中得到讀詩的樂趣，一行字就足已成詩。當我們能成功地透過一行文字，彰顯事物間前人所未見之新關係，詩意已在其中，無關乎長度。

陳巍仁教授的看法是：

7　現代詩名稱又有新詩，乃對應古詩而來；白話詩，則對應文言詩而來；自由詩，對應格律詩而來。也有以行數的多寡來命名的，如王添源的十四行詩、向陽的十行詩、岩上的八行詩、白靈的五行詩、蕭蕭的三行詩。

8　參閱蘇紹連・意象轟趴密室，〈「一行詩」，還是「獨行詩」？〉，https://poempoem.pixnet.net/blog/post/3181728

9　參閱聯副文學遊藝場（2012），〈【文學遊藝場三周年：電紙筆談】充滿力量的神句——閒話一行詩〉，http://blog.udn.com/lianfuplay/5988525

　　理想的一行詩必須要點破一個「祕密」。某個於宇宙人世間存在已久，無人
發揚的祕密，經由一段神準精鍊的文字被釋放，成為一股流動的能量。既像附耳
流傳的親密私語，更像音韻深廣，直指人心的咒語。這便能使讀者在「喔！」
「哇！」「真的！」「對耶！」的驚嘆中，對世界不小心又多了一點點理解或體悟。

兩位學者兼詩評家闡釋一行詩的「詩意」深入淺出，但應該還是有人會說：似懂非懂。
主要是因為每個人對詩的閱讀素養與能力不盡相同，即使同一個人同一首詩，在不同環
境、年歲、經歷下，讀取的「意」（感受、領悟）也不一樣。或許用換位思考[10]來看陳
政彥教授的這兩句話「當多數詩人能從中感受到詩的質素」、「多數讀者能從中得到讀詩
的樂趣」，會有新的認知，前者好比信眾聽法，如是我聞；後者「讀詩的樂趣」，某種特
質上與腦筋急轉彎、猜謎語、短篇笑話所引發的樂趣（感受）相似；而陳巍仁教授的詮
釋，換個比方來說，如同背部搔癢，搔到癢處（讀到好詩），不自覺「喔！」「哇！」
「對對對！」。總之，詩意是無法「一言以蔽之」，當你讀到一首詩，而能挑起（喚起、
引發、激發，甚至挑逗出）你的情緒（苦的、樂的、悲的、喜的、痛的、爽的都行），那
麼這首詩，就是你的好詩；但未必是他人的好詩。所以一個教義，越能引領眾人認同追
隨；一則笑話，越能引起眾人會心大笑讚，就表示「意」在其中。同理，一首詩能引發
眾人的情緒共鳴，就表示這首詩的感染力強，藝術性高，就是詩意無限的好詩。

　　「一行當然可以為詩，而且，可能是更精鍊、更具挑戰性的詩。」那麼「行」的形
式為何？文獻無明載，近代偶有觸及，但未有定論[11]。筆者認為既以一行詩稱呼，當以
「一行」為準則，組體以不超過三個詞組為宜，排成一行式，整行字數（含標點符號）
通常二十字以內為原則[12]。如此短小的載體，「易寫難工」[13]，所以一句成行還要有詩意，這
樣的「神句」[14]創作難度高，可遇不可求，需要一點運氣，靈光乍現有如神來之筆。

二、如何閱讀範本

　　本單元選出二十首一行詩，題材有具體如吸管、枕頭；有抽象如暗戀、脆弱；有生
活周遭熟悉的概念（植物人）與事（夢）、物（鑰匙），藉此廣泛的題材，打開初學一行
詩者的方便門。

10「換位思考」是一種將自己置於他人的位置，並能夠理解或感受他人在其框架內所經歷的事物的能力。此處是指
　　換個角度（腦筋急轉彎、猜謎語、笑話）來讀一行詩。

11 寒山石〈關於三行詩的十句話〉：「對於詩的分類歷來眾說紛紜，尚無定論。但我個人傾向於十行以內為小詩。
　　這也是相當一部分詩家的共識。」引自寒山石新浪博客，http://blog.sina.com.cn/u/1267596154

12 參閱林德俊，〈挑戰一行詩擂台〉，《明道文藝》第 109 期，頁 62。

13 宋·陸游〈臨江仙·鳩雨催成新綠〉詞：「只道真情易寫，那知怨句難工。」

14 1989 年大陸詩人麥芒因自己的一首九字詩〈霧〉：「你能永遠遮住一切嗎」被盜印在卡片上而訴諸法律，最後
　　竟告贏了，1995 年此案確認為內容最短的版權訴訟案，登上金氏世界紀錄。麥芒一句成名，還被破格錄用為國家幹
　　部。參閱林德俊（2014），〈詩的伸展操〉，https://www.jintian.net/today/html/92/n-50192.html

（一）閱讀一行詩的要點

1. 首先從題目到最後一字看完一遍，不需一字一字地推敲琢磨字義，以約略看懂即可，讀完後的感受是初步印象，請寫下來。

2. 第二次閱讀需精讀，找出關鍵字詞，將之摘記，查閱參考資料。

3. 審題，就閱讀的次序而言，題目必先內容而呈現於讀者眼前，所以題目至少含有相當的暗示性；它暗示讀者在某一範圍內，作者將要傳達的心靈語言。

4. 反覆仔細推敲題目與關鍵字詞的關聯性，梳理出之間的牽連脈絡；若是無法掌握題目與關鍵字詞之間傳達的情與意脈絡，則再從新推敲其他字詞；若仍無法得到任何概念，表示無法駕馭這首詩，請選其他作品，過些時日再試試。

5. 重新建構這些脈絡，若脈絡清楚，表示已掌握了這首詩的詩意；若是脈絡比較斷續，就需要閱讀者發揮想像力，將題目與關鍵字詞之間的斷層填補，鋪出思路。

6. 延伸感受，將作品的詩意與自己的經歷共鳴，將作品的人事物轉化成自己，展演出自己的情緒。

（二）範本閱讀示範

題目與脈絡比較清楚的第七首〈吳剛〉：

「砍下，癒合，砍下，癒合……他砍的是靈魂縫隙裏的各種慾望。」

◎ 初步閱讀得到的感受：月亮中的神話故事「吳剛伐桂」，吳剛的宿命與無奈。

◎ 仔細閱讀，關鍵詞有砍下、癒合、靈魂縫隙、慾望。

◎ 題目與關鍵詞之間的脈絡：吳剛伐桂是家喻戶曉的故事，日日在月宮中砍伐桂樹，為何而砍？神話故事中的吳剛是砍桂樹，而作者詮釋新關係是吳剛想砍去永無止盡的慾望，而這慾望是極力想隱瞞或是被壓抑，關鍵詞「靈魂縫隙」就具有特別的張力[15]。

◎ 重新建構新脈絡：在有限的字詞中，砍下、癒合重複兩次，佔去篇幅的 11/28（一行詩中的標點符號也算一個字元），顯然這裡要傳達的是永無止盡的循環，而永無止盡的循環，應該不是好事吧（試想，明知道的事物，卻一再的重複經歷，即便再美再好，應該也會索然無味，甚至恐怖吧）。將前半段的循環，結合後半段的慾望，再扣

---

15 張力，物理名詞，所有兩種不同物態的物質之間界面上的張力被稱為表面張力。本文藉以形容極小的面積包含極大的體積，以有限表現無限之意。

住靈魂縫隙，便可建構一個脈絡：靈魂中有一巨大的慾望，極力的想做，卻又壓抑住；想做又被壓抑，就這樣不斷循環……。

◎ 延伸詩意：砍下、癒合可延伸指陳傷口，傷口被撕開又癒合、被撕開又癒合……（多痛啊），而傷口可以是情傷，可以是失去親人，可以是一場重大的車禍導致的殘缺，這傷口是夢魘，一再上演，啃噬心靈。靈魂縫隙延伸指陳內心深處的某種不被認可的念頭，可以是犯罪，可以是自殘，可以是恣意妄為，因此才要砍下來，要斷念。這首小小詩傳達起心動念又壓抑斷念的循環，每個人或多或少都有深埋的慾念，理智時可以反省斷念，情緒低潮時呢……。

◎ 詩的閱讀理解有多種方式，以上的閱讀理解只是其中一途，提供參考練習。讀詩有時只能品不可解，一字一解就全無詩意，箇中門道在多讀、多學、多練習。

題目與脈絡比較斷層的第十首〈脆弱〉：

「一場車禍。輾死一個人，及一隻青蛙。」

◎ 初步閱讀得到的感受：一個事件與一隻青蛙，莫名卻又有某種隱約的暗示。

◎ 精讀：關鍵詞有車禍、句號（。──作者特意用句點而非讀點，顯得奇特）、死人、青蛙。

◎ 題目與關鍵詞之間的脈絡：題目「脆弱」，是抽象的情緒（如感情脆弱）還是具體的物（如房樑脆弱）？難以一眼明瞭，必須從關鍵詞爬梳。車禍一詞，後面以句號作結，傳遞一個完整的事件，這事件是一場車禍，死了一個人（容易懂），以及一隻青蛙（難懂）。從這些關鍵詞推斷，若是寫實，客觀描述車子輾死一個人、一隻蛙，人與蛙只是同為車輪下的亡魂，任何生命在車輪下都是脆弱的，符合題目，但這樣解法使句式成了散文陳述，缺少了詩的層次性及言外之意。人與青蛙之間的關聯斷層，運用想像填補：這是一個賣青蛙的人（一隻？說不通）、養青蛙的人（一隻？說不通）、為救青蛙（一隻？可通）而被輾斃的人（這樣解讀，可以當作另類哈啦樂趣或 Kuso 搞笑），被輾死的兩人中，一位是有身孕的婦人（青蛙特徵是肚子大，似乎是借喻為孕婦），這樣推斷牽強又毫無詩味。從象徵意推敲，青蛙在國內或國外都被視為「幸福」的象徵，能夠擁有一隻青蛙也代表著幸福、好運都會跟著上門[16]。青蛙在日本有化險為夷、財運亨通，另外也有快樂出門，平安回家的含意[17]。作如是觀，詩意就明朗了。

---

16 參閱琉傳天下琉星花園，〈Glastory Arts Center: Glastory 青蛙造型作品（2）〉，http://glastory.blogspot.com/2009/11/glastory2.html

17 參閱〈日本青蛙的象徵〉，https://www.daydreamingshop.com/blog/posts/frog

◎ 重新建構新脈絡：看似關聯斷離的人與青蛙，作者詮釋新關係為：一場車禍斷了一個人的生命及幸福，沒了未來，所以車禍後面以句號作結。這首詩的關鍵在「一隻青蛙」，宕開描寫層次，使作品有弦外之音。

◎ 延伸詩意：車禍可延伸為其他重大事件，如火災、水災、強烈地震等天災，人的生命是何等脆弱，何其不幸；車禍亦可延伸為一句輕視、一個眼神、一個嘲笑，一次莫名的吵架，竟斷送了一條生命，及一個家庭的幸福，心靈是極其脆弱的。

5.1.5 延伸書寫：一行詩習作與應用

一、一行詩習作

　　一行詩易寫難工，入門的門檻不高，但初學者容易有句無詩；也別氣餒，多練習，有心有興趣最重要，俗話說，行家也是練出來的。

（一）練習一：具體物件練習──以「鑰匙」為例

說明：

1. 找一個自己比較有感的題材；若找不出，請就本單元這二十首中，挑出比較有想法的題目。

2. 建議題材從生活中的具體物品著手，比較容易掌握寫一行詩的感覺。

3. 將題材構思為一個題目，題目也是一行詩的組成，具有重要提示或暗示性，以短小為宜。

4. 一行詩的關鍵詞通常在六個以內，過多容易使讀者模糊了閱讀理解，造成閱讀障礙。

5. 找出題材相對應的關鍵詞，鑰匙，相對應的關鍵詞有鎖（關）、開；再從鎖（關）、開延伸出心事、封閉、阻礙、釋放，圖示：

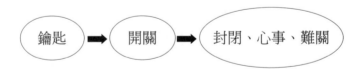

6. 利用修辭技巧，如擬人法、譬喻法將所選的物件重新建構關係。

7. 將構思的草稿（不管滿不滿意）全部記下來，反覆琢磨修改，直到組成一首自己滿意的作品。

8. 切記！除非靈思有如神助，否則好的作品不是一蹴可成，是慢慢推敲，經過千錘百鍊而成。

【示範】鑰匙

◎ 選出對應的關鍵詞：鎖（關閉）、打開、心事（心室）、門關（難關）。

◎ 修辭技巧：擬人法。

◎ 重新詮釋鑰匙的新關係：

1. 我永遠打不開無心事的人。

2. 那次事件後，我再也打不開你的心。

3. 任何阻礙，我為你解開。

4. 沒人問過我，我的難關要怎麼打開？

5. （同學練習）：

6. （同學練習）：

◎ 相互討論：

（二）練習二：抽象之意練習——以「遺忘」為例

說明：

1. 找一個自己比較有感的題材，若找不出，請就本單元這二十首中找出比較有想法的題目試試。

2. 抽象之意比較難掌握，首先須分析題目的主要含意，範例「遺忘」，是從記住到忘記，從有到無，從擁有到失去，這是情境式的題材。

3. 情境式的題材，可採用借景寫情技巧練習，將「情」交給「景」去說，比較容易入門。

4. 遺忘是情緒，是心靈的某一種狀態，須轉化成景（物）去呈現。

5. 先找出遺忘的關鍵含意：失去了！不管造成失去原因是主動還是被迫；再找出大自然或人為中的景（物），有哪些具有從眼前消失或是離開、漂走、被帶走拿走。

6. 亦可採用事件呈現情境，如示範 3「一加一等於多少，我怎麼也記不起來了。」

【示範】遺忘

◎ 選出對應的關鍵詞：風（無法抗拒的命運）、葉子（曾有過的……）、飄走（遺忘）。

◎ 修辭技巧：借景寫情。

◎ 重新詮釋遺忘的新關係：

1. 風吹過，一片葉子，飄走了。

2. 你的影子夾在書頁中，去了，掩埋場。

3. 一加一等於多少，我怎麼也記不起來了。

4.（同學練習）：

5.（同學練習）：

◎ 相互討論：

二、一行詩應用：廣告寫作

「我們正處於 140 字元的宇宙裡，你最好已經學會微寫作。」[18] 所謂「微寫作」就是微型訊息，舉凡報紙頭條、新聞標題、品牌名稱、網域名稱、電視網路上那些讓人琅琅上口的流行語、競選口號、廣告標語、流行用語、電子郵件主旨、文字簡訊、電梯推銷、條列式重點、推特與臉書的最新動態等等，都是微型訊息的例子。微寫作的風格就是輕薄短小，就是語言的表達經濟，以小小的訊息傳達大量的想法[19]。一行詩的特點正好適合作為微寫作的入門。

一行詩的創作，以及其小巧可愛，靈活多樣，與廣告語的創作有異曲同工之處。若一行詩的產生來自作家純粹創作慾，那麼這是一首詩；若這作品是為某商品量身打造行銷，那麼這是一則廣告詞。廣告寫作須扣住商品的某一獨特感覺，這種感覺往往是廣告人對撰寫對象（商品）展開故事對話、情境經營，像是廣告人與商品進行一場戀愛。所以每年的廣告金句創意比賽，得獎的金句，堪比一首首好詩。

一行詩通常在二十字以內，題目具有相當的暗示性，閱讀與寫作著重關鍵字詞，讓人有延伸性的想像空間；這些特點與廣告寫作相符合，如表所示：

GOOGLE 的模式	YAHOO 的模式
中文（含全形） 廣告標題：大約 12 個字。 廣告語：大約 35 個字。	中文 廣告標題：大約 15 個字以內。 廣告語：大約 38 個字以內。 （包含所有標點符號、英文或符號）

---

18 語出《紫牛》作者賽斯・高汀（Seth Godin）。

19 參閱克利斯多福・強森（Christopher Johnson）著、吳碩禹譯，《微寫作——短小訊息的強大影響力，文案、履歷、簡報、網路社交都好用的語言策略》（臺北：漫遊者文化，2012）。統合語言學、品牌行銷及網路理論等，介紹「微寫作」的語言藝術。

　　廣告市場的主角是消費者，消費者的搜尋關鍵字則是行銷商最重視的大數據，在關鍵字詞的特點上，兩者關注是一致的。

【練習】將本單元的一行詩題目，改為行銷商品名稱。

說明：

1. 依據詩的內容，找出關鍵詞。

2. 想一想，有哪些商品的特點與詩的關鍵詞相似，羅列這些商品。

3. 羅列的商品比對詩的關鍵詞，相符數少的淘汰，多的保留。

4. 最後留下的商品就是題目的新名稱。

【示範】以第三首為例

〈吸管〉

心空後，才明白自己曾經這麼豐盈。

◎　關鍵詞：心空、曾經、豐盈。

◎　閱讀理解：商品需要有前後的使用狀態，使用前豐盈；使用後空無。

◎　羅列特點相近商品：原子筆、果凍條、牙膏、條狀乳液。

◎　評比：以「心空」、「豐盈」關鍵詞而言，果凍條、牙膏不具起承轉合的情境；原子筆、條狀乳液比較有人性化的延伸想像空間。原子筆的豐盈，在於筆水運轉出文藝天地，豐盈了文化；條狀乳液的豐盈，在於滿足了愛美的人，豐盈了心靈。兩者孰優？這就看消費群的喜好。

◎　定案：

〈原子筆〉

心空後，才明白自己曾經這麼豐盈。

〈條狀乳液〉

心空後，才明白自己曾經這麼豐盈。

三、一行詩應用：信手塗鴉

　　一行詩雖然難以寫得出色，但容易入手，活用性也強，比如任何節日，信手寫來：你是我口中的巧克力（情人節）、花園中最盛開的那一朵康乃馨（母親節）。若再配上簡單圖案，就是誠意十足的作品。

一行詩短小，詩意點到而已，留白 [20] 多，閱讀理解的想像空間大，適合配圖欣賞，增加可讀性、功能性。舉凡個人筆記、日記、節日卡片、便條書籤到商品插畫、繪本，甚至簡報、廣告、短片標題，都可詩畫結合，美化生活。

本單元二十首，可信手隨意加入圖案、插畫 [21]，也是一種信手塗鴉之樂。

【示範】

〈吳剛〉

砍下，癒合，砍下，癒合……他砍的是靈魂縫隙裏的各種慾望。

〈鈎上的魚〉

喞著，我已預約了來世。

---

20 留白是中國繪畫表現技法之一，作品畫面有意留下相對應的空白，留給觀賞者想像空間。

21 配圖或插畫、塗鴉請遵守智慧財產權相關規範；以本單元詩作另行配圖案，僅作教學練習之用，勿作任何商業行為。

〈海〉

那麼廣大自主卻不炫耀，有一種低調的，自由……

〈露珠〉

竟夜孤寂的折磨，終於，我滴下一滴隨即蒸發的，淚。

〈夢〉

夜，在你我額上烙上不同的故事……

〈植物人〉

逃離的靈魂，回頭凝望，支撐著空殼的身軀……

〈嫦娥〉

她在日記裡自省過無數次惡行，第二天都變成「偷竊」……

5.1.6　延伸閱讀

詩與散文的分界

沈志方

　　詩與散文的差異常是讀者最困擾的問題，依多年來的掌握，二者之別約在「轉折」（語意的切斷）、「意象的密度」、「語言的組合與運用」及「節奏」四端。就節奏而言，大體上散文的節奏較隨性而無規律，或說是以不斷的變化為準則的；詩的節奏則低廻往復而有規律，正須強調重複。

　　文學類別的區分，往往是累積大量作品後大致上的劃分與歸類；當出現既有類別無法定位的作品時，自須再立名目以遷就現象，「散文詩」、「詩散文」的稱謂頗可指陳此一

現象（臺灣階段性流行過的圖象詩、隱題詩亦然）。但散文詩與詩散文的實質差異，我們若盡量推求至極端，實在一線之間。筆者試作如此掌握：節奏性越強的散文，越接近詩。古典作品如陶潛〈歸去來辭〉（駢賦）、杜牧〈阿房宮賦〉（律賦）、丘遲〈與陳伯之書〉、林嗣環〈口技〉等，曼聲吟哦，聲韻鏗鏘固不待言，正在詩與散文之間；現代作品亦可準此區別之，試看下列二例：

那年／馮湘

那年夏天的顏色，我還記得。

溪水是一種閃爍的顏色，薄霧是一種牛奶的顏色，

草原是一種透明的顏色，石頭是一種永恆的顏色。

我們在其中是一種流動的顏色。

而為什麼，只有那片樹林，竟漠然地沒有半點顏色？陽光斜照進去的時候它搖曳成一潑煙霧，野雀在遠處輕叫的時候它凝成深黑。

它把無數的不可知藏在裡面。

不可知的是，當日的我們，還會經過多少無色的歲月；會成為端凝的一代還是茫然的一代？會有一遍遍的感覺與記憶，還是一次次的恍惚與追悔？會有許許多多的聚散，還是一點點的流離？三十年後的今天，我這樣想。

十年明月／沈志方

明月。明月如舊。

此刻已是凌晨時分，月色如霧自山中四面掩至小樓，我在小樓西側，小樓在大肚山裏。

我在臨窗的燈光下抽菸。靜靜等待烹茶的水沸，並倚著窗緣思索一些問題。（即使月有圓缺陰晴，即使明月依依還照，然而它為什麼總是不舊？）十年前同樣月光下，我的心情如何？燈前燈後，我正為明天的期中考急急忙忙穿梭於古典與現代之間呢？還是一襲秋衫，枕在月光草坪深處，憂鬱的數著一片落葉、二片落葉、三片落葉……？

彷彿我都已淡忘了，然而明月如舊。

明月如舊，它靜靜我十年心事，宛如一隻手臂自記憶幽微處橫伸過來，為我一頁一頁翻閱，也許是跌宕起伏、也許是山石泉鳥之類的往事……。壁角的水壺正嘶嘶鬧靜，舊時明月，一一過來。

那麼四年大學、二年軍旅、三年研究所及年餘的教書、上班生涯，該是深刻而復動人的四折傳奇罷？我曾走過、悲過、喜過、並且深深愛過。由一個愛笑易怒的孩子，變成此刻在深夜守候一壺熱茶，無端沉思緣起緣滅的索居者。如果這十年是書，那麼在封面與封底的月色之間，確有長長一段情節是不宜用文字來註解清楚的，也許我的沉默與微微的憂慮可以提供一些罷？

好了，水已沸了。我打算獨飲一杯澀澀微甘的清茶叫「歲月」，你呢？

何時該你？

就〈那年〉而言，無論視之為散文、散文詩或詩散文，節奏的突出應毋須爭論。本文將抽象的童年追憶具體化，甚至顏色化了，主要段落間頂針式的銜接足見作者匠心，而末句輕輕一點，三十年的悠悠歲月瞬間逼人感慨。第二段的節奏全由「AA 是一種 BB 的顏色」構成，第三段末變為「A 的時候 B 變成 C」，末段再變為連續的疑問句型，節奏構成較複雜。平心而論，這篇優美的短文就文類的一般標準區分，當在散文與詩之間，甚至亦介於散文詩與詩散文之間，若強歸諸某一文類，怕都易引起沒有結論的爭辯，反不如以「節奏性越強的散文，越接近詩」的角度判別，或更能以簡御繁，直指本心。

〈十年明月〉則係筆者多年前寫詩之餘，應邀所寫的抒情隨筆。今日回顧這篇副產品式的散文，深覺習慣寫詩手藝的筆，轉化在散文上的詩化痕跡：篇幅自然趨短，側重意象塑造（文中「宛如一隻手臂自記憶幽微處橫伸過來，為我一頁一頁翻閱，也許是跌宕起伏、也許是山石泉鳥之類的往事……」，並以之貫串後半篇）。有些讀者客氣恭維「讀起來像詩歌一樣！」當日原本自然的以詩的技藝處理散文，卻不意在節奏上收割。——節奏性越強的散文，越接近詩。

5.1.7　議題討論

一、從形式、題材、表現方式探討一行詩的特質。

二、現代詩與散文有何區別。

三、一行詩與廣告句的異同。

四、如果你想寫一行詩，你會怎麼構思？

五、本單元的一行詩，你覺得最好的是哪一首（哪幾首）？為什麼？請試著與同學互相出題競寫，看誰寫得最出色。

5.1.8 習作

一、一行詩創作

班級		姓名		學號		評分	
題目：從食、衣、住、行四面向找出題材，構思題目，各完成一首「一行詩」。							

食	題目：

衣	題目：

住	題目：

行	題目：

二、一行詩與配圖

班級		姓名		學號		評分	

題目： 從本單元中，選兩首一行詩，將題目與詩句謄寫下方，再為此詩，畫上插圖，使詩與圖相得益彰。

5.2 浪漫

洪鵬程　編撰

5.2.1　解題

　　〈右外野的浪漫主義者〉一文是 1977 年王靖獻為自己洪範版的《葉珊散文集》所撰寫的自序。本課所節錄的文字內容，側重於作者創作力養成的心路歷程。文中作者以棒球場上百無聊賴的右外野手自況，形容其求學時期在同儕間模糊的存在感，並且缺乏追求學科成績的企圖心。雖然，同處未識愁滋味的尷尬青少年時期，作者卻能細膩地感受外在客觀環境的諸多變化，同時捕捉內心相應的細緻意念與情感，擁抱浪漫情懷，形成美學經驗「流注筆尖」發為詩文，執著、持續地進行創作，而終亦能成慘綠少年。

5.2.2　作者

　　王靖獻（1940-2020），筆名葉珊、楊牧。臺灣花蓮人，是詩人、散文家、評論家、翻譯家與學者。自中學起便不斷創作、發表，在其創作生命中更透過自省，不斷求新求變。王靖獻的新詩與散文成就俱高，不僅承襲中國古典文學風格，揀選典雅的文言文入詩文，甚且兼融了西洋文學的特質。

　　散文早期多為抒寫浪漫情懷，爾後尋求散文體的突破，融入新詩與小說的成分，內容上益發貼近社會現實，又開展出不同的散文風貌。作品曾被譯為英、法、德、日、義大利、瑞典、荷蘭、捷克文等多種語言，陳芳明教授推崇王靖獻的詩被世界看見，若是諾貝爾文學獎落在臺灣，王靖獻當之無愧。

5.2.3　課文

〈右外野的浪漫主義者〉（節錄）

王靖獻

　　那是許多許多年以前，在另外一個海隅，我曾經是，而且真是，非常注意風雨季節的遞嬗[1]，和人面星象的影映。奇怪的年紀，自以為是愁，可是不知愁是什麼。愁有它深刻的意思吧，比同學們不快樂些，笑聲低一些，功課比較不在乎些。那是有些無聊，而且這種無聊大概只有棒球場上的右外野手最能體會。站在碧於絲的春草上，遠遠的，看內野那些傢伙又跑又叫，好不熱鬧，有時候還圍起來開會決定戰略什麼的，偏就不招手叫你去開會，你只好站得遠遠的，拔一根青草梗，放在嘴巴裡嚼，有一種寂寞的甜味。

　　常常都是這樣，嚼著一根肥碩的青草梗，比較專心聽飛鳥的聲音，風的聲音，海浪的聲音，不太注意球場上的情況了，因為高球飛來你這個方向的機會太少，而且即使飛來了，大概也接不到，索性把球套拿下來，聞聞那股汗酸味，有時甚至坐下來算了。偶然祇有第一壘意外沒接住的球，才有可能滾到你這邊來，讓你興奮地——來不及戴球套——撿了往二壘扔去。可是在通常的情況下，一局下來球都沒摸到，又跑回去坐在那裡，做無足輕重的第七棒。

　　總不能永遠都做右外野手吧，該做點別的。

　　然而站在碧於絲的春草上，關心鳥鳴、風聲、海音，慢慢可以建立起自己的小世界了。那是許多許多年以前的事，在另外一個海隅，正在慢慢長大的時候。數

1　嬗：音ㄕㄢˋ，轉換。遞嬗指交替、轉換。

學堂上已經聽說過 sine-cosine 的事，可不知道是甚麼意思；物理老師表演過一支蠟燭擺在不曉得是凸透鏡或是凹透鏡的前面或後面，蠟燭影居然倒過來了，大略如此，這是光學。有一次生物老師要舉行解剖的教育，班上一位同學從家裏帶了一隻鴿子來，大家擠在長桌前看老師操刀講解，我看老師先用瓶子裏的蒙汗藥[2]把鴿子迷倒，心中雪亮，知道武松在十字坡被孫二娘擺平[3]是有科學根據的；接著老師劃然一刀，鴿子胸腔裂開，鮮血湧出沾在羽毛上，我從人堆中擠出來，坐回梯形教室的一角發呆。

⋯⋯

　　上大學以後，開始反芻隔日的記憶和印象，然而心智是如此稚嫩，能夠表達多少呢？除了一些有關阿眉族[4]的記敘以外，我毋寧可以說是探索前進時多，檢討回歸時少。難得有此機會讀我能親自選擇的書，這時要我矯情地看不起書本卻積極去「人溺己溺，人飢己飢」做聖徒[5]狀，終究不是自欺欺人，便是不自量力。人總是應該有些期待的吧，除非算準自己必定短命早死，否則與其憑幾招五行拳罵傲江湖，不如華山頂上先將本門的混元功練練[6]。其實我在大學裏也曾經為「使命感」所驅使，參加過工作營。有一回我們二十多個男女學生到大度山外一個小村落為村民整理環境，我親自聽到路邊站立的

2 蒙汗藥相傳是將曼陀羅花晾乾後，加工磨成的白色細粉，能快速溶解於酒水之中，幾乎無色無味，起到讓人昏迷的作用。此處乃指稱麻醉藥物。

3 武松、孫二娘皆是《水滸傳》中的人物。小說中孫二娘綽號母夜叉，在孟州道十字坡與其夫張青經營黑心酒店，下藥迷昏旅客殺人越貨，甚至作成人肉包子，武松也曾險遭毒手。故事見《水滸傳》第二十六回：「母夜叉孟州道賣人肉、武都頭十字坡遇張青」。

4 阿美族的舊稱，是臺灣原住民的族群之一。其原鄉主要分布於立霧溪以南的花東縱谷與海岸平原，是人口最多的原住民族群。

5 聖徒本指聖人的門徒或者聖人思想的追隨者。這裡借以指稱抱持仁愛慈悲的胸懷，心繫民生疾苦。

6 文中所敘相關武功皆出自金庸武俠小說，借喻紮實的基本功遠勝花拳繡腿。

一個中年人說：「這些大學生吃飽飯沒事幹……」後來我再也不參加工作營了。

　　吃飽飯可以讀書，辦雜誌，寫文章；可以言心言性[7]，原道辨偽[8]，也可以感懷幻想，抒小我之情。愁還是愁，不知道為甚麼愁成那個樣子；可是我再也不覺得無聊了。世界上還有好多事可以做，並不是一定要爭取做一壘手不可（從前我覺得一壘手最神氣，左腳跨出一大步，右腳尖點置壘上，長臂接球，截殺來將出局），這時遙遠的鳥鳴、風聲、海音、野草根的甜味，忽然都澎湃歸來，還有些細微的感情，真真假假，卻能使堵塞的心血豁然決堤，流注筆尖。

本文選自楊牧（1994），《葉珊散文集》。臺北市：洪範。
本文由洪範書店有限公司授權使用。

7　意謂討論人的意識與人的本性。

8　原道，即探求道之本，唐韓愈撰有〈原道〉一文。辨偽，本指對古籍真偽進行鑑別。「原道辨偽」在文中指稱對各種知識學問的探求考察。

5.2.4　延伸閱讀

1.「楊牧數位主題館」網址：http://yang-mu.blogspot.com/

5.2.5　習作

班級		姓名		學號		評分	

題目：天地寬廣，存在著無限可能，文字的排列組合也是，只要你願意嘗試。請聆
　　　聽自己心中的聲音並且記錄，提筆也好，敲鍵盤也好，手機上選字，都好！
　　　請你接續本課文末「這時遙遠的鳥鳴、風聲、海音、野草根的甜味，忽然都
　　　澎湃歸來，還有些細微的感情，真真假假，卻能使堵塞的心血豁然決堤，流
　　　注筆尖。」以五百字續寫你自己成長的故事。

單元6

體察力

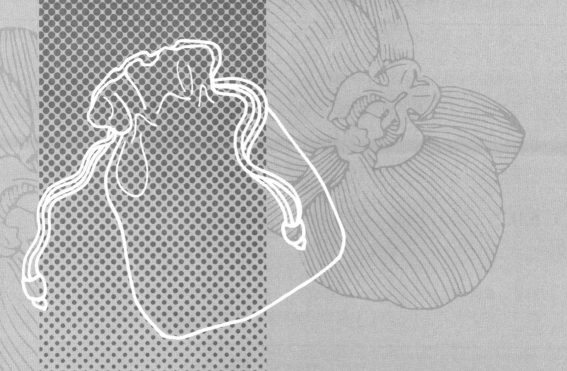

6.0 導讀

吳賢俊　導讀

6.0.1　體恤力＋洞察力＝體察力

「換了位置就換腦袋！」這是諷刺政客，最常聽到的一句話。原意是「職位決定立場」。隨著角色轉換，立場改變，未能堅持一貫信念，出現言行不一的矛盾。其實，立場不同，處事方式自須有所變通。想想執政黨與在野黨對於政策的防守與攻擊，針鋒相對，就不難理解。

換了位置，本來就該換腦袋。該批評的是：本位主義作祟，雙方不能易地而處，不願好好溝通，協調出建設方案。互不相讓之下，陷入僵局，落得雙輸。

最好的服務態度，不過是換位思考，將心比心。站在客戶的立場，關注客戶的需求，並非僅止於熱情款待，更須體察入微，用心讓客人得到最體貼的服務。

這道理不難瞭解，無奈不容易做到，皆因人們習慣於自我中心，常常忽略他人感受。當我們試著彼此體諒，暴戾之氣自可消弭於無形，生活乃至職場便都能和諧愉悅，何樂而不為？由此可知，「體恤力」的訓練，實有其必要。

當然，人際互動不會一直風平浪靜，有時爭執難免。此時冷靜下來，辨識癥結，有如柯南破案，方能有效排難解紛。可見「洞察力」的訓練，至關緊要。

本單元即進行「體恤力」加上「洞察力」的「體察力」訓練。

6.0.2　以「老病」為題材，訓練體恤力

能幹的人，眼明手快，往往受不了別人慢吞吞，不懂得體諒與包容。直到自己生病了，或者老了，力不從心，才體會到快不起來的困苦無奈。我們都難免會生病，也會在不知不覺中老了，到需要被體恤的時候，才來後悔當初的莽撞無知，是不是太晚了？

本單元先以「老病」為題材，訓練善解人意的「體恤力」。

6.0.3　以「幼稚」為題材，訓練洞察力

　　一般人缺乏主見，容易人云亦云，隨人起鬨。在眾口鑠金之下，混淆是非，糾眾霸凌，惡行惡狀，毫不知錯。這正是現今網路時代最可怕的流弊。有朝一日，自己也成了被網路霸凌（Cyberbullying）的可憐蟲，被鋪天蓋地一味抹黑，一面倒挨轟，嚐到無力招架的痛苦無告，是否算是現世報？

　　要明辨是非，就須養成獨立思考的習慣，不再隨人起鬨。本單元就以「幼稚」為題材，訓練突破盲點的「洞察力」。

6.1 | 老病

吳賢俊　編撰

6.1.1　解題

　　簡媜於 2013 年，出版《誰在銀閃閃的地方，等你：老年書寫與凋零幻想》一書，對「生老病死」這一沉重的人生課題，進行全面探討。本單元選讀該書的序，藉以提前直面未來遲早得面對的衰老、生病，乃至走到生命的盡頭。作者提醒我們應該正視殘酷的現實：「完整的人生應該五味雜陳，且不排除遍體鱗傷。」

　　作者「做了一個很短的黑白夢。夢中出現兩位老者，一男一女，穿黑衣，極老，一前一後慢慢走著，走在寬闊的乾涸河床曝露出的黑色礫石上。旁邊，有一個小孩也可能是個侏儒，躲在大石邊偷偷看著他們」。作者認定「夢預言了書寫方向。黑色礫石指社會環境也是邁向死亡的老年之路，那個偷窺的小孩或侏儒應該是」她，她「自覺像個孩子或是內在力量像個侏儒，不足以處理『老』這麼沉重且龐大的主題」。

　　作者目睹「街道上行走的多是蒼老者，肢體抖顫、步履艱難，卻又展現無比的堅強」。她的「親人走了四個；熟識朋友家中有長輩辭世的，共十一人……有六位熟朋友罹患重病，最年長的才六十一歲」。於是，她有了四位「以肉身做講壇」的老師，又有十一位「提供各式各樣『人生終程』考古題」的「助教」，還有六位「化療、電療、插管、加護病房，從鬼門關爬回來」的「學長」，做了「疾病筆記」，替她「劃出勇氣、意志等必考題」。

　　「不管願不願意」，「『老病死』聯合帳單終會找上門——先找上我們的父母，再找我們。」「『老病死』不僅是社會也是家庭、個人的總體檢，不僅只是肉身衰變，亦同步涉及家庭倫理、經濟、法律、宗教信仰、哲學素養……若等到事到臨頭再盤算，往往太遲。」

　　透過超前部署，認真思考他日自己的衰老、生病，乃至死亡，為自己的後半生預作心理準備的同時，也能自發地憐恤老邁體弱的長輩。正視「老病死」的沉重課題，將使我們思慮趨於成熟，養成體恤他人的能力。

　　以下就細讀《誰在銀閃閃的地方，等你》的序，好好培養自己的「體恤力」。

6.1.2　作者

簡媜，本名簡敏媜，1961 年在宜蘭縣冬山鄉冬山河畔出生。

十三歲就讀國中期間，父親在一場車禍中離世。身為長女的她，被迫一夜之間長大，得幫忙阿嬤和母親分擔家計。於是，開始思考未來人生方向，為尋求更大發展空間，毅然到臺北報考高中。

考入臺北市立復興高級中學，卻因城鄉差距過大，一時難以適應，加上年少叛逆，深覺飽受同學排擠，唯有藉文字抒發鬱悶。高三時，立志從事文學創作。

考入國立臺灣大學哲學系，一年後轉入同校中國文學系。畢業後，先後任廣告公司文案、《聯合文學》雜誌編輯、大雁書店創辦人、遠流出版公司大眾讀物叢書副總編輯、實學社編輯總監。

1995 年與中央研究院學者姚怡慶結婚，育有一子。目前專事散文寫作，自稱是「無可救藥的散文愛好者」。出版散文集汗牛充棟，題材致力開拓求變，從大學時期的少女情懷、鄉土與兒少記憶、女性群像、社會諷刺、傷逝、育兒、教育、飲食，一直寫到老化書寫。設喻新警，辭采華茂。

已出版作品相當多，計有：《水問》、《只緣身在此山中》、《月娘照眠牀》、《七個季節》、《私房書》、《浮在空中的魚群》、《下午茶》、《夢遊書》、《胭脂盆地》、《女兒紅》、《頑童小番茄》、《紅嬰仔》、《天涯海角》、《好一座浮島》、《舊情復燃》、《微暈的樹林》、《密密語》、《老師的十二樣見面禮》、《誰在銀閃閃的地方，等你》、《我為你灑下月光》、《陪我散步吧》等。

曾獲全國學生文學獎、吳魯芹文學獎、梁實秋文學獎、時報文學獎、國家文藝獎、臺北文學獎等獎項。

2017 年，由台積電青年學生文學獎參賽者進行投票的「2017 青年最愛作家」活動中，簡媜被票選為第一名。

6.1.3　課文

《誰在銀閃閃的地方，等你》序
簡　媜

老年書寫與凋零幻想

1. 是你嗎？

是你嗎？翻動書頁的是你嗎？

你剛踏入滾燙[1]的世間，還是甫自水深火熱[2]的地方歸來？你才扛起屬於你的包袱，還是即將卸下重擔？你過著你甘願的日子，還是在他人的框架裡匍匐[3]？你興高采烈寫著將來的夢想，還是燈下默默回顧活過的證據？你身手矯健宛如美洲虎，還是已到了風中殘燭[4]？

人生對你而言，是太重還是太輕？是甜美還是割喉[5]的苦？是長得看不到終點，還是短得不知道怎麼跟心愛的人說再見？

2. 夢與街道

四年多前，我做了一個很短的黑白夢。夢中出現兩位老者，一男一女，穿黑衣，極老，一前一後慢慢走著，走在寬闊的乾涸河床曝露出的黑色礫石[6]上。旁邊，

1　滾燙：滾，水煮開時的水波翻湧，從這強烈的視覺印象，即可推知觸覺上的燙熱。滾燙借喻生活處境的煎熬難受。

2　水深火熱：像在深水裡，如在烈火中，借喻生活處境極端艱難痛苦。出自《孟子・梁惠王下》。

3　匍匐：音ㄆㄨˊ ㄈㄨˊ，本指以腹部貼近地面前進，借喻委曲求全地被迫遵循外在規定。

4　風中殘燭：像在風吹拂下，快要燒完的殘餘蠟燭，隨時熄滅，借喻老年人隨時會死亡。

5　割喉：像用刀割喉嚨位置的氣管，隨時會死，借喻殘酷無情。

6　礫石：小石頭。

有一個小孩也可能是個侏儒[7]，躲在大石邊偷偷看著他們。夢自行運鏡，沒有對話，老者從小孩的右側緩慢地走到左側，最後，鏡頭停在小孩的白衣背影上。

幾乎也在這時節，我發現街道上、公園裡，輪椅老人越來越多，嬰兒車越來越少，社會曾有過族群裂痕，現在出現的是人口裂痕，從「高齡化社會」[8]即將進入「高齡社會」[9]、可能邁向「超高齡社會」[10]的統計數據佐證了台灣的處境。這衝擊著我。我這一代從小熟背衛生所宣傳口號「一個不算少，兩個恰恰好」[11]，從來沒想過有一天會短少嬰兒，而且彷彿被下了蠱[12]，昔年那個蒸騰著夢想與青春、揮舞著汗味吹著稻風的島，似乎進入花果飄零。一夕間，人全老了。

夢預言了書寫方向。黑色礫石指社會環境也是邁向死亡的老年之路，那個偷窺的小孩或侏儒應該是我；夢點出，我自覺像個孩子或是內在力量像個侏儒，不足以處理「老」這麼沉重且龐大的主題。

但是，我並未走開，仍然偷窺著，埋伏在那裡，睜著我的散文眼睛。

7　侏儒：生長受到障礙，身材異常矮小的人。在孩童期間因腦下腺生長激素不足，或因佝僂病導致骨骼發育遲緩，不能生長至成人的高度，稱為「侏儒症」。

8　高齡化社會：根據聯合國世界衛生組織定義，六十五歲以上老年人口占總人口比例達到百分之七時，稱為「高齡化社會」。

9　高齡社會：根據聯合國世界衛生組織定義，六十五歲以上老年人口占總人口比例達到百分之十四時，稱為「高齡社會」。

10　超高齡社會：根據聯合國世界衛生組織定義，六十五歲以上老年人口占總人口比例達到百分之二十時，稱為「超高齡社會」。

11　一個不算少，兩個恰恰好：民國四〇年代，國內婦女生育率約五點一至七點零之間，造成人口急速成長，政府支出壓力沉重；政府大力推行節育政策，喊出「兩個恰恰好，一個孩子不算少」的口號。民國六〇年代後，每位婦女所生子女數降至二點五到三點七人。

12　下蠱：蠱是一種人工畜養的毒蟲。將不同種類的許多毒蟲放在瓦罐中，任其互相咬殺，吞食屍體，最後存活下來的毒蟲就叫「蠱」。放蠱的人通常會將蠱研磨成粉末，放入食物或飲料之中，或用指甲彈在衣物上，對方中蠱後便被操控。下蠱就是放蠱，借喻為迷惑人心。

閱讀摘要

3. 四個老師、十一位助教、六位學長

甚至，連助孕[13]的指導療法都有，連胎教[14]的書都可以找到，更別說關於童年期、青春期的教養。生命落地，人生開始，指導手冊一路排開；成年以後，以主題區分，教你如何小額創業，如何買下第一間房，如何克服恐懼戰勝憂鬱，如何挽救婚姻經營家庭。接著法定退休年齡到了，六十五歲開始，可以遊山玩水過自己的日子，另一排鬧轟轟的書教你如何養生，如何消滅癌症，如何活到一百二十歲不生病。

沒有人教你，如何準備「老病死」？沒有人敢挑明：你會老你會病你會死，相反地，那論調是：你不會老，你不會病，你不會死。在酥[15]爽[16]麻醉、通體[17]舒暢的氣氛下，怎可能自我反問：若人人如此，那死的都是誰？

在生的現實裡，我們是否應該謙虛地想一想，靈魂可能是永遠輪轉的，但身軀是借來的，用壞了才歸還且不須賠償，已是莫大的福利[18]了！

我無意寫一本指導手冊，但迫切覺得「老年學」[19]（或

---

13 助孕：有助於成功懷孕。

14 胎教：孕婦在懷孕期間，進行身心調節，通過話語、撫摸、欣賞音樂、美術等與胎兒溝通，給胎兒良好的影響。

15 酥：肢體酥軟無力。

16 爽：舒適暢快的感覺。

17 通體：全身。

18 福利：本指員工的間接報酬；包括：健康保險、帶薪假期、退休金。課文中借喻為恩惠。

19 老年學：一個新近發展的科際整合學門，又稱「高齡學」，探究人類「高齡化」現象、過程及問題。主要任務有四項：使社會進入高齡化後，社會得以持續進步；使生產力持續提高，經濟得以繼續發展；使高齡人口的生活品質不斷提高；避免代間的衝突。

心得寫作

老年產業[20]）是一門有待各方齊力[21]砌建[22]的學問。作家關心的仍是世間現場裡人的特殊困局與突圍，生命之無奈與高貴。在醞釀[23]的數年間，我常常浮出疑問：這世間真的甘甜如蜜嗎？既然苦楚多過喜樂，為何又戀戀不能捨？街道上行走的多是蒼老者，肢體抖顫、步履艱難，卻又展現無比的堅強。老的過程非常緩慢，像黏蠅紙上一隻蒼蠅慢慢地抖動小腳，抖不出下文[24]。等我們老的時候才能體會，老人嘴裡含了一顆沾著蜂蜜的石子，硬得會崩牙[25]，可是咂巴咂巴[26]之後，分泌了甜，又吮了一口生命的蜜。

然而，預言[27]寫作方向的夢，同時也質疑自己的能力。我必須感謝不可思議[28]的眾緣[29]匯聚，齊力提拔[30]了我。

二〇一〇至二〇一二兩年間，我的親人走了四個；熟識朋友家中有長輩辭世的，共十一人；二〇〇八至二

---

20 老年產業：又稱「銀髮產業」，是指以老年人為目標客戶的產業。根據老年人群的基本需求與深層需求，在內容上可區分成三類產業：一、本位產業：養老設施和機構、老年房地產、老年護理服務業、老年服飾、老年食品、老年醫療等；二、相關產業：滿足老年人深層次需求的娛樂、學習、旅遊等相關產業；三、衍生產業：滿足老年人有理財需求，提供老年儲蓄的投資理財產品、老年地產的逆向抵押等金融產品、壽險產品的證券化產權產品、長期護理保險產品、老年融資產品等。

21 齊力：一齊出力、合力。

22 砌建：本指堆疊磚頭而築成牆或門，課文中借喻為一個學門的建構。

23 醞釀：本指製酒的醸酵過程，借喻為事情逐漸發展。

24 下文：本指本文中某句或某段以下的文字，課文中借喻為事情後續的情況或結果。

25 崩牙：使牙齒斷裂。

26 咂巴：以舌抵齒、兩唇上下作聲。

27 預言：在事情將要發生前，提早指示。

28 不可思議：佛教語，指神祕奧妙，借喻為事物的無法想像或難以解釋。

29 緣：人與人或人與事物之間遇合的機會。

30 提拔：在古代原指人才的舉薦或擢升，引申為培植、造就。

閱讀摘要

○一二，有六位熟朋友罹患重病，最年長的才六十一歲。四年之間，參加告別式帶回來的紗袋毛巾有一大疊。不管是基督教追思禮拜唱「奇異恩典」[31]、佛教道教誦「阿彌陀經」[32]，我都同樣流了告別的眼淚。四位至親中，有一位我侍立在側、筆記變化陪著走完全部病程，有兩位我在現場送他們啟程；這四位都是以肉身做講壇的至親至愛的老師，詳詳細細教我修習「生死學分」；十一位助教，提供各式各樣「人生終程」考古題[33]，供我深思、解糾纏的謎；六位學長，化療[34]、電療[35]、插管[36]、加護病房[37]，從鬼門關[38]爬回來，好似做了「疾病筆記」，替我劃出勇氣、意志等必考題。

不可思議啊，眾緣匯聚！我的書寫生涯裡從未出現像這書一般的鐵人三項[39]式的磨鍊，我再不成才，有此不擇手段改造我的造化，種種人生角色都完足地歷練、

---

31 《奇異恩典》：*Amazing Grace* 的中文翻譯，亦譯《天賜恩寵》，是美國最膾炙人口的一首鄉村福音歌曲，也是全世界基督徒都會唱的一首歌，被奉為基督教聖歌。

32 《阿彌陀經》：梵文：Sukhāvatī-vyūha，或稱《小無量壽經》、《稱讚淨土佛攝受經》，大乘佛教經典之一，為淨土宗所尊崇，被列為淨土三經之一。

33 考古題：即歷屆試題，是考試或測驗考過的試卷，有些更附模擬答案及評分標準等。從歷屆試題能看出歷來沿襲的考試範圍與出題模式，可作為考生準備應試的複習材料。課文中借喻為值得參考的前例。

34 化療：化學治療的簡稱，指使用化學方法合成的藥物，治療惡性腫瘤。化學治療藥物藉著血液循環而進入癌細胞內，抑制癌細胞的生長，使其凋零，最後消失，以達到治療目的。

35 電療：放射線治療的俗稱，指利用本身具有放射性的物質，或者是可產生放射性的儀器，摧毀生長分裂比正常細胞快速的腫瘤。

36 插管：氣管內插管的縮略語，是利用人工氣道維持呼吸道暢通，接上呼吸器輔助呼吸的一種緊急處置方式。作法是把一根氣管內管（人工氣道）經由病人口腔或鼻腔，穿過喉嚨與聲門，進入氣管深處。

37 加護病房：Intensive Care Unit，簡稱ICU，是在醫院內為需要高度密集醫療照料的重病傷患所特設的病房。

38 鬼門關：傳說中陽世與陰間的交界處。指死亡邊緣。

39 鐵人三項：由三項運動組成的比賽，通常由游泳、自行車、長跑三個項目順序組成。

多少滋味都嚐過之後，依隨死神踏查[40]的軌跡，我自詡已有能力下筆。

4. 用文字搓一條繩索，渡河

我們的一生花很長的時間與心力處理「生」的問題，卻只有很短的時間處理「老病死」，甚至，也有人抵死[41]不願意面對這無人能免的終極課題。然而，不管願不願意，無論如何掙扎、號叫，「老病死」聯合帳單終會找上門——先找上我們的父母，再找我們。大約從四、五十歲開始，我們得先承接父母的帳單，一把鼻涕一把眼淚和著肝腸寸斷[42]、甚至滿腹怒火付完了帳單，接著，輪到自己的了。

「老病死」不僅是社會也是家庭、個人的總體檢，不僅只是肉身衰變，亦同步涉及家庭倫理、經濟、法律、宗教信仰、哲學素養⋯⋯，這些倉儲[43]，若等到事到臨頭再盤算，往往太遲。一個人老了，不只是一個人的事，是一個家的事，整個社會的事。生老病死是自然律[44]，但走這條路的人怎可毫無準備、順其自然？一個毫不準備的人是不負責任的，他把問題丟給家人及社會。

文學脫離不了人生，這本書也可以說是直接從人生現場拓印[45]下來的，視作導覽[46]亦無不可，邀請讀者在

---

40 踏查：實地查看。

41 抵死：拚死、冒死，表示堅決。

42 肝腸寸斷：肝臟和腸子都斷成一寸寸的小段，是極度悲傷的誇飾。

43 倉儲：本指倉庫中大量儲存的糧食或其他物資，借喻積存代辦的林林種種諸多事項。

44 自然律：原為 Natural Law 的中譯，本指以天賦秩序作為道德或法律上的一種理論根源。此處僅指肉體生命的變化通則。

45 拓印：本指摹印石碑或器物上的文字或紋樣，課文中借喻為用文學如實記載人生境況。

46 導覽：本指在博物館或展覽會場中，一邊引導觀眾循序參觀，一邊提供專業知識的介紹；課文中借喻為人生歷程的預先講解。

風和日麗的時候預先紙上神遊。由於是現場，不乏也有 Live[47] 段落，刻意保留該有的硝煙[48]與疲憊，正在體驗的人或許心有戚戚焉[49]、掬了一把淚[50]，尚未經歷的或許嫌它帶了刺。我的用意不在刺，在於人。

然而，要把「老病死」學分修好，關鍵還是在於有沒有把「生」這門課讀好。是以，這本書需要複合式的書寫策略。正文五輯從肉身如舟、人生版權談起，往下才能談「老」「病」「死」。全書二十六萬字，各輯比例不一，又有「書中書」的安排；輯三「老人共和國[51]」九萬多字形同本書的「書中書」，而我私心所愛的「阿嬤的老版本」三萬多字又似輯三的「書中書」。正文五輯之外，附掛五篇「幻想」，是我的自我對話。雖然天光還算燦燦，但轉眼變天的故事聽多了，我也得想一遍自己的凋零結局。用文字搓一條繩索，有一天，牽病榻上的自己渡河。

侍病送終、日常勞役、伏案[52]書寫期間，宛如生死礦坑裡的礦工，日日忙得伸手不見五指。感謝老友黃姐[53]

---

47 Live：Live Broadcast（現場直播）的縮略語，借喻現場真實重現。

48 硝煙：本指彈藥爆炸後產生的煙霧，通常作為戰火的借代；課文中借喻為老病中的死亡威脅。

49 心有戚戚焉：戚戚，形容情緒被觸動的樣子。全句指心中產生同樣感觸。出自《孟子・梁惠王上》。

50 掬了一把淚：掬是雙手相合以捧物。把，量詞，用來形容可以一手抓住的東西。掬了一把淚，指用手捧住了留下的眼淚。

51 共和國：本指實施共和政體的國家，政府是依《憲法》，由公民選舉產生的。課文借喻為社群。

52 伏案：案，桌子。伏案指上身前傾，低頭往桌子上靠，形容勤讀或專心寫作。

53 黃姐：簡媜的老友黃照美。簡媜曾策劃《吃朋友》一書，找出版社舊同事黃照美當主廚，為八個朋友開八次盛宴，每位朋友各有自己的身世，菜系版圖從江浙、閩南、客家到西式料理，全出自於黃照美之手，共完成八十多道菜。

每隔一段時間叫「小黃」[54]運來她的拿手佳餚[55]，減少我揮鏟的辛勞，解我倒懸[56]之累。

5. 致讀者

有時，我想起你們。今生，用文字與你們做了心靈相流的朋友，無比榮幸。我也許不能記得臉龐、名字，但記得那些卡片、字條、信件、禮物，無一不是純然且誠懇的關懷，我衷心感謝。

熟悉我作品的你們恐怕也跟著我漸老了，設想你們也開始要修習父母的或是自己的「老病死」課程。你們伴著我走過浪漫、空靈、典麗、樸實，跟著我讀了「初生之書」《紅嬰仔》[57]、看了「身世之書」《天涯海角》[58]，現在也到了該翻一翻「死蔭[59]之書」的時候了。昔時的青春悲愁如此純潔，都是真的，今日於沼澤叢林搏鬥這般認份誠懇，也都是真的，「完整的人生應該五味雜陳[60]，且不排除遍體鱗傷[61]。」這是我的感悟。

---

54 小黃：計程車的代稱。此因自 1991 年起，臺灣政府規定計程車的車身一律漆為黃色，從此計程車就被民眾暱稱為「小黃」。

55 佳餚：美味可口的食物。

56 倒懸：綁住人的雙腳並倒掛而臉部朝下，借喻處境極為艱苦。出自《孟子·公孫丑上》。

57 《紅嬰仔》：此書可視為簡媜散文創作的分水嶺，從宣示不婚的女子，驟然跳入家庭，並當起母親的心路歷程，從女性進入母性的鄭重宣言。

58 《天涯海角》：此書全名為《天涯海角——福爾摩沙抒情誌》，用分章的散文寫一個相同主題的故事：〈浪子〉寫父系簡姓自福建漳州來臺墾拓史；〈浮雲〉用小說的筆法，幻設噶瑪蘭平原一平埔族女子與漢人生下一幼嬰，為母系根源開一扇想像之窗；〈朝露〉據一塊「簡大獅蒙難碑」，敘述一段可歌可泣的一八九五臺灣民眾抗日史。

59 死蔭：《聖經》上 tsalmaveth 一詞的中譯，原文由陰暗（tsale）和死（maveth）所組成，指極深的陰影和黑暗。

60 五味雜陳：本指口中參雜酸、甜、苦、辣、鹹五種滋味，借喻為心裡感觸很多，很不好受。

61 遍體鱗傷：本指渾身受傷，傷痕像魚鱗一樣密，課文中借喻為心靈飽受創傷。

閱讀摘要

　　但願你們闔上書的時候，心生喜悅，如我寫完這本書的心情：

　　相逢在人間，無比讚嘆，一切感恩。

寫於二〇一三年一月，台北

本文選自簡媜（2013），《誰在銀閃閃的地方，等你：老年書寫與凋零幻想》。新北市：INK印刻文學。

本文由簡媜女士授權使用。

心得寫作

6.1.4　習作

班級		姓名		學號		評分	
題目：	設想自己是一個交通警察，處理一樁汽車與機車擦撞的車禍，在警局替汽車駕駛、機車騎士，以及一個目擊路人作筆錄。汽車駕駛和機車騎士都從自己角度，認定錯在對方。目擊路人則作公正陳述。						

6.2 幼稚

吳賢俊　編撰

6.2.1　解題

〈鄭伯克段于鄢〉講述的故事，是春秋初年，鄭莊公平定親弟弟與生母合謀發動的兵變。當鄭莊公平定兵變後，將生母囚禁在邊疆的城潁，發誓不到黃泉，不見生母。不久就後悔了。在潁考叔的巧妙安排下，母子歡聚，讓鄭莊公享受到渴望已久的溫暖母愛。該文對潁考叔讚不絕口，對他的揣摩上意與硬拗，毫無微詞，莫不視為機靈，更給予「純孝」的美譽。

該文解釋《春秋》說「鄭伯克段于鄢」的用意，先指出不提段的弟弟身分，是隱含對段不肯盡弟弟本分的批評；接著指責鄭莊公（即鄭伯）簡直把弟弟當作敵人，攻克而後快，完全沒想到去盡到哥哥管教好弟弟的責任。就這樣，將兩兄弟各打五十大板。竟然完全忽略了罪魁禍首是誰。

兩兄弟之所以勢不兩立，導源於生母姜氏的偏心。就因姜氏生莊公時，莊公腳先伸出來，造成極其危險的難產，差點害死她，讓她飽受驚嚇，於是恨透了莊公，故意取莊公的名字叫「寤（牾）生」，狠狠記上這筆帳。

姜氏偏愛順產的段，想立段為世子，以取代討厭的莊公，一再向武公提議，武公並未答應。在莊公登基後，姜氏逼莊公給予段超大的封地，讓段更有恃無恐，任性胡為，竟然大膽圖謀篡奪君位。姜氏明知篡奪君位不合禮法，卻因為溺愛，自願充當段的內應，在段帶兵攻城時，偷偷幫段打開城門，裡應外合，讓叛軍長驅直入，一舉得勝。姜氏根本想藉段之手，剷除她心惡痛絕的莊公。

姜氏不曾想過，莊公這兒子在她分娩時腳先伸出來，造成難產，差點害死自己母親，是無意識的，是無辜的。被母親從他一出生就痛恨，他徒嘆奈何。

姜氏一心要讓弟弟取代哥哥，遊說丈夫不成，就不惜支持弟弟政變，推翻哥哥。政變還未發生前，缺乏證據，莊公拿他弟弟一點辦法也沒有？母親的要求，就算再不合理，又不能完全置之不理。被母親寵壞了的弟弟會聽哥哥規勸嗎？弟弟在母親的授意下，一心要取代哥哥當國君，野心勃勃，心中根本沒有哥哥，哥哥怎麼可能勸得動他？

批評莊公的人，到底有沒有想過莊公處境的為難？

罪魁禍首不是莊公，是姜氏。她的不理智、不成熟，害她兩個兒子變成仇人。既寵壞了小兒子，煽動小兒子叛國，又逼大兒子站在國君位置，為了維護國家安全，出兵平亂，趕走自己的弟弟。

姜氏的偏心，害莊公得不到母愛，以致被逼跟弟弟爭寵。姜氏當叛軍內應，犯叛國罪，囚禁邊地，罪有應得。莊公被母親逼著將母親和弟弟當敵人，自然痛恨母親的無情，氣得發誓：除非到黃泉，否則決不見母親。但他一直得不到的母愛，實在太渴望了，不免後悔把話說得太絕。莊公對母愛的渴求，被穎考叔窺知了，於是設局讓莊公上鉤，又用硬拗的方式幫莊公解套，讓母子在地道中相見。滿足了莊公的孺慕之情，同時也讓姜氏領受到大兒子對母親的真心，於是母子盡釋前嫌。

就算穎考叔的機智值得欣賞，但也不應模糊焦點。真正純孝的恐怕是莊公，生母對他絕情到極點，他仍願視之為母，將前仇舊恨一筆勾銷。至於罪魁禍首，無疑是姜氏。姜氏的幼稚，意氣用事，導致兩個親生兒子也幼稚得爭寵起來，爭得你死我活。

如果我們不再盲從標準答案，不受成說干擾，學著獨立思考，則我們都能像柯南，找到真正的兇手，而不會像毛利小五郎那樣輕率誤判，冤枉無辜。

洞察關鍵，方能排難解紛，而不致於治絲益棼。洞察力的培養太重要了，已刻不容緩，就從細讀〈鄭伯克段于鄢〉，開始鍛鍊洞察力吧！

6.2.2 《左傳》簡介

《左傳》，依據《史記·十二諸侯年表》，原名《左氏春秋》，作者是魯國人左丘明。

作為《春秋》的傳，亦稱《春秋左氏傳》，與《春秋公羊傳》、《春秋穀梁傳》，合稱《春秋》三傳。楊伯峻在〈《左傳》〉一文中，歸結《左傳》傳《春秋》的方式共有四種：即「說明《春秋》書法、用事實補充《春秋》、訂正《春秋》的錯誤和增加無經的傳文。」

《左傳》長於敘事，富於故事性乃至戲劇性，擅長勾勒細節與刻劃人物性格。敘述戰爭過程與巧妙詞令，簡潔傳神。《左傳》被尊為歷史散文之祖，與《史記》並稱。

6.2.3　課文

鄭伯克段于鄢——《左傳》（節錄）

初[1]，鄭武公[2]娶于申[3]，曰武姜[4]，生莊公[5]及共叔段[6]。莊公寤生[7]，驚[8]姜氏，故名曰寤生，遂惡之[9]。愛[10]共叔段，欲立之[11]。亟[12]請於武公，公弗許[13]。

及[14]莊公即位[15]，為之請制[16]。

1　初：當初，回溯事件發生的背景。

2　鄭武公：鄭，周朝姬姓諸侯國，主要版圖位於今河南省鄭州市一帶。鄭武公，名掘突，諡號武。周厲王姬胡之孫，鄭桓公姬友之子，周宣王姬靜之姪，鄭國第二代君主。

3　娶于申：從申國娶妻。于：同「於」，介詞。申：春秋時國名，姜姓，疆域在今河南省南陽市北。

4　曰武姜：叫武姜。武姜：鄭武公之妻，「姜」是娘家的姓，「武」是丈夫武公的諡號。

5　莊公：即鄭莊公，名寤生，諡號莊，鄭武公長子。

6　共叔段：共：音ㄍㄨㄥ，國名，疆域在今河南省輝縣。鄭莊公同母弟，名段。叔為長幼次序。叔段後來逃亡到共國，所以稱「共叔段」。

7　寤生：寤，通「啎」，逆、倒著。寤生，即啎生，分娩時，胎兒的腳先出來，造成難產。

8　驚：驚嚇到，動詞。

9　故名曰寤生，遂惡之：武姜故意替莊公取名為寤生，從此討厭鄭莊公。惡：音ㄨˋ，討厭。

10　愛：寵愛，動詞。

11　欲立之：想立共叔段為世子（諸侯法定繼承人）。

12　亟：音ㄑㄧˋ，屢次、一再。

13　公弗許：鄭武公不答應。弗：不。

14　及：到了，介詞。

15　即位：登上君位。

16　為之請制：武姜替共叔段請求分封到制邑去。制：城鎮名，即虎牢，地在今河南省滎（音ㄒㄧㄥˊ）陽縣西北。

公曰：「制，巖邑 [17] 也，虢叔死焉 [18]。佗邑唯命 [19]。」

請京 [20]，使居之 [21]，謂之京城大叔 [22]。

祭仲 [23] 曰：「都城過百雉 [24]，國之害 [25] 也。先王 [26] 之制：大都不過參國之一 [27]，中五之一 [28]，小九之一 [29]。今京不度 [30]，非制 [31] 也，君將不堪 [32]。」

公曰：「姜氏欲之 [33]，焉闢害 [34]？」

---

17 巖邑：險要的城鎮。巖：險要。

18 虢叔死焉：東虢國的國君死在這裡。虢：音ㄍㄨㄛˊ，指東虢，古國名，為鄭國所滅。焉：介詞兼指示代詞，相當於「於此」、在這兒。

19 佗邑唯命：其他城邑，一定聽從吩咐。佗：同「他」，指示代詞，其他。唯命：表示一定聽從吩咐。

20 請京：武姜便請求將京邑封給共叔段。京：地名，在今河南省榮陽縣東南。

21 使居之：莊公答應了，讓共叔段住在京邑那裡。

22 謂之京城大叔：京地百姓稱共叔段為京城太叔。大：同「太」。

23 祭仲：鄭國大夫。祭：音ㄓㄞˋ。

24 都城過百雉：都邑城牆長度超過三百丈。都：指次於國都，但高於一般邑等級的城市。雉：古代城牆長一丈，寬一丈，高一丈為一堵，三堵為一雉，即長三丈。

25 國之害：國家的禍患。

26 先王：前代君王。特指作為周開國君主的周文王、周武王。

27 大都不過參國之一：大城市的城牆不超過國都城牆的三分之一。參：同「三」。

28 中五之一：「中都不過五國之一」的省略。意指：中等城市城牆不超過國都城牆的五分之一。

29 小九之一：「小都不過九國之一」的省略。意指：小城市的城牆不超過國都城牆的九分之一。

30 今京不度：現在京邑的城牆不合法度。

31 非制：不合先王定下的制度。

32 不堪：忍受不了，控制不住。

33 欲之：想要這樣。之：此、這樣。

34 焉闢害：哪裡能逃避禍害。焉：疑問代詞，相當於「哪裡」。闢：「避」的古字。

對曰：「姜氏何厭之有 [35]！不如早為之所 [36]，無使滋蔓 [37]，蔓難圖 [38] 也。蔓草猶不可除，況君之寵弟乎！」公曰：「多行不義，必自斃 [39]，子姑待之 [40]。」

既而 [41] 大叔命西鄙北鄙貳於己 [42]。

公子呂 [43] 曰：「國不堪 [44] 貳，君將若之何 [45]？欲與大叔 [46]，臣請事之 [47]；若弗與，則請除之。無生民心 [48]。」

公曰：「無庸 [49]，將自及 [50]。」

大叔又收貳以為己邑 [51]，至於廩延 [52]。

---

35 何厭之有：「有何厭」的倒裝句，哪裡會滿足。厭：滿足。

36 為之所：給他安排個地方，重新安排的意思。

37 無使滋蔓：不要讓他滋長蔓延。「無」通「毋」（音ㄨ／）。

38 圖：籌謀、想辦法。

39 多行不義，必自斃：多作不義的事，必定自己倒下。

40 子姑待之：你暫且等著瞧。子：你，代詞。姑：姑且、暫且。

41 既而：不久。

42 命西鄙北鄙貳於己：命令原屬莊公的西部與北部的邊境城邑同時也臣屬於自己。鄙：邊境城邑。貳：兩屬。

43 公子呂：鄭國大夫。公子：古代諸侯庶子，以別於世子，亦泛稱諸侯之子。

44 堪：承受。

45 若之何：對此事如何，對這事怎麼辦。之：此，代詞，指「大叔命西鄙北鄙貳於己」這件事。

46 欲與大叔：想將國家交給共叔段的話。與：給予。

47 臣請事之：微臣請求去事奉他。事：事奉，動詞。

48 生民心：使民產生二心。生：使之產生，致使動詞。

49 無庸：不用。「庸」與「用」通用，通常出現在否定式。

50 將自及：將會自己趕上災難。

51 收貳以為己邑：把兩屬的城邑收為自己的領邑。貳：指原來兩屬的西鄙北鄙。以為：「以之為」的省略。

52 廩延：地名，在今河南省延津縣北。

子封[53]曰：「可矣，厚將得眾[54]。」

公曰：「不義，不暱，厚將崩。[55]」

大叔完聚[56]，繕甲兵[57]，具卒乘[58]，將襲[59]鄭。夫人將啟之[60]。

公聞其期[61]，曰：「可矣！」命子封帥車二百乘[62]以伐京。

京叛大叔段，段入[63]於鄢[64]，公伐諸[65]鄢。五月辛丑[66]，大叔出奔共。

書曰[67]：「鄭伯克段于鄢。」段不弟[68]，故不言弟；如二

---

53 子封：即公子呂。

54 厚將得眾：勢力雄厚，就能得到更多百姓的歸順。厚：勢力雄厚。眾：百姓。

55 不義，不暱，厚將崩：共叔段不守對國君的道義，百姓就不會親近他，勢力再雄厚，仍將崩潰。不義：不守道義。暱：親暱、親近。

56 完聚：修葺城郭，結集軍隊。完：修葺。

57 繕甲兵：修理作戰用的鎧甲和兵器。繕：修理。甲：鎧甲。兵：兵器。

58 具卒乘：準備步兵和兵車。具：準備。卒：士兵。乘：音ㄕㄥˋ，四匹馬拉的戰車。

59 襲：偷襲，行軍不用鐘鼓。

60 夫人將啟之：武姜準備替共叔段作內應，幫他打開城門。夫人：指武姜。啟之：打開城門。

61 公聞其期：鄭莊公打聽到偷襲的日期。

62 帥車二百乘：率領二百輛戰車。帥：率領。乘：音ㄕㄥˋ，輛，量詞。

63 入：逃進。

64 鄢：國名。春秋時周屬國之一，妘姓。為鄭所滅，改名鄢陵，故址約在今河南省鄢陵縣境。

65 諸：之於，合音詞。

66 辛丑：即二十三日。先秦紀日，用天干與地支搭配。漢以後也用干支來紀年。

67 書曰：課文中指《春秋》記載。

68 不弟：不盡弟弟的本分。與「父不父，子不子」的「不父」、「不子」，用法相同。

君，故曰克[69]；稱鄭伯，譏失教也[70]；謂之鄭志[71]。不言出奔，難之也[72]。

遂寘[73]姜氏于城潁[74]，而誓之曰：「不及黃泉[75]，無相見也。」既而悔之。

潁考叔為潁谷封人[76]，聞之，有獻[77]於公，公賜之食[78]，食舍肉[79]。

公問之，對曰：「小人[80]有母，皆嘗[81]小人之食矣，未嘗君之羹[82]，請以遺之[83]。」

公曰：「爾[84]有母遺，繄我獨無[85]！」

---

69 如二君，故曰克：兄弟兩人如同兩個國君一樣爭鬥，所以用「克」字。克：戰勝。

70 稱鄭伯，譏失教也：以莊公的國君身分稱他「鄭伯」，是譏諷他本有教弟之責而未教。譏：諷刺。

71 謂之鄭志：表明趕走共叔段是出於鄭莊公的本意。

72 不言出奔，難之也：不提共叔段出走，顯示史官下筆為難。

73 寘：「置」的通用字。字面上是安置，事實上則為囚禁。

74 城潁：古邑名，春秋鄭地，在今河南省襄城縣東北。

75 不及黃泉：不到死後。黃泉：打井至深時，地下水呈黃色。人死後埋於地下，故古人以地極深處的黃泉地帶為人死後居住的地下世界，於是以黃泉作為死後的借代。

76 潁考叔為潁谷封人：潁考叔是鄭國大夫，乃在潁谷（今河南省登封縣西）管理疆界的官員。封：聚土培植樹木。古代國境多以樹作為疆界，故成為疆界的借代。

77 有獻：有進貢的東西。獻：貢品，名詞。

78 食：食物。

79 食舍肉：吃的時候，把肉擱一邊不吃。舍：「捨」的古字。

80 小人：地位低的人自稱。

81 嘗：嚐，吃過。

82 羹：帶汁的肉。

83 遺之：贈送給她。遺：音ㄨㄟˋ，贈送。

84 爾：你，代詞。

85 繄我獨無：只有我沒有。繄：音一，句首語氣助詞。

潁考叔曰：「敢問[86]何謂也？」

公語之故[87]，且告之悔。

對曰：「君何患焉[88]？若闕[89]地及泉，隧[90]而相見，其誰曰不然[91]？」

公從之。

公入而賦[92]：「大隧之中，其樂也融融！[93]」

姜出而賦：「大隧之外，其樂也洩洩。[94]」

遂為母子如初[95]。

君子曰[96]：「潁考叔，純孝也，愛其母，施及[97]莊公。《詩》曰：『孝子不匱，永錫爾類。[98]』其是之謂乎[99]！」

---

86 敢問：斗膽問一句。謙辭，以自謙和尊敬的態度，向對方提出問題。

87 語之故：告訴他原因。語：音ㄩˋ，告訴。故：原故、原因。

88 何患焉：有什麼好憂慮呢？焉：句末語助詞，表示肯定的語氣。

89 闕：通「掘」，挖。

90 隧：動詞，挖地道。

91 其誰曰不然：那誰能說沒作到誓言所說呢？其：語氣助詞，加強反問的語氣。然：如此，所作一如莊公對姜氏所發的誓言。

92 賦：賦詩、吟詩。

93 大隧之中，其樂也融融：在寬廣隧道裡面，那種快樂太融洽了。融融：很融洽。

94 大隧之外，其樂也洩洩：走到寬廣隧道外面，那種快樂太舒坦了。洩洩：音一ˋ一ˋ，很舒坦。

95 遂為母子如初：從此回復母親和兒子之間沒有怨懟之前的自然親情。

96 君子曰：古人附加案語以評判是非的用語。君子：可能是作者自稱，也可能是所稱引的賢達。

97 施及：延伸到。施：音一ˋ，延伸。

98 孝子不匱，永錫爾類：孝子孝心充沛，不會匱乏，永遠能分享你的同類。語出《詩經·大雅·既醉》。不匱：不會匱乏。錫：通「賜」，給與恩惠。

99 其是之謂乎：「其謂之乎」的倒裝句。其：表推測語氣。字面上是：大概就是說這個吧？課文中指：大概就是對潁考叔這類純孝而說的吧？

6.2.4　習作

班級		姓名		學號		評分	
題目：	請簡要地寫一個偏心造成心結難解的故事。可以取材於親身經歷，也可以純憑想像編造。						

單元7
聲引力

7.1 聲情／賴崇仁　編撰
此時無聲勝有聲？窺探
聲音的表情／賴崇仁

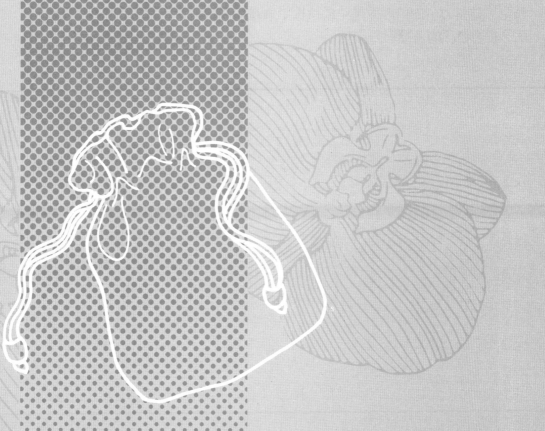

7.0 | 導讀

吳賢俊　導讀

　　聲音直接牽動情緒的高低起伏。甚至一聽到聲音，腦海就會浮現由聲音聯想出來的畫面。聲音是有表情的，這正是廣播劇的魅力所在。說、學、逗、唱的相聲，光利用口技的表演，便能輕易博得滿堂喝采。屬於視聽綜合藝術的戲劇，在聲音方面，除音樂與歌曲以外，扣人心弦的台詞演繹，為表演畫龍點睛。對於 YouTuber 而言，發音的悅耳又具個性特色，無疑是受歡迎的因素。在在顯示，「聲引力」（聲音吸引力）的重要性，不容低估。

　　本單元先從口語的諧音逗趣，以及台詞的表演藝術，如何營造歡愉，娛樂大眾，領略「聲引力」的美妙效果；最後授予錦囊，教導訓練「聲引力」的要訣，下一番功夫，提升自己的「聲引力」。

7.1 聲情

賴崇仁　編撰

7.1.1　課文

此時無聲勝有聲？
窺探聲音的表情

賴崇仁

在電影《星際效應》中，男主角馬修・麥康納（Matthew David McConaughey）有一幕戴著耳機，聆聽地球上大自然聲音的畫面，令人印象深刻。太空人的訓練項目中，有一項是在極安靜的隔音室中獨處，因為真空的宇宙，就是一個巨大的無聲隔音室，必須測試太空人在絕對安靜的環境中，會有什麼樣的生理反應。日前一項研究結果顯示，一般人類在接近無聲的環境中獨處，最長的時間無法超過45分鐘，太久就會產生幻覺。

聲音，是人類生活中重要的元素。

沒有抑揚頓挫的聲音，就像沒有音樂的世界，聲音與人的情緒連動，詩歌也是詞與曲調的組合，眼睛閱讀字詞、耳朵聽見音律，心中湧起感動。

綜藝節目短劇中經常出現的橋段套式，從「東門鬍」和「窗門糊」諧音引起的一連串誤會，可以發現屬於聲音趣味的老梗：

賴大條（台語）：主管，我去找真久，東門是他最鬍。

主　　管（國語）：就是他糊，窗門你糊的是不是？

賴大條（台語）：福州耶，阮主管在問你，東門鬍仔是你還不是？

福州人（台語）：是哦，東門阮第一鬍，真的要登記落名薄？

賴大條（國語）：主管，他自認東門就是他鬍。有什麼事吩咐？

主　　管（國語）：窗門是你**打壞**，要賠新台幣十塊。

賴大條（台語）：福耶啊，阮主管有交代，東門你大壞，講你東門第一**大壞**，罰你十塊。[1]

　　雞同鴨講的對話總是笑點的來源。但在現實生活中，因理解失焦，而造成的誤解卻會讓人哭笑不得。以下是一段老闆與員工間的台語對話：

老闆：我不要跟你**氣魯**。

員工：無要去**派出所**？去分局呀。

老闆：多話免講，**新聞**去拿來。

員工：**新魂**？那不就死沒多久才叫新魂。

老闆：不是啦，**報紙**啦。

員工：**古紙**喔，咱沒就要去買。

老闆：唉唷，我遇到你這個三八的，實在**沒法度**。

員工：**沒剖肚**？那吃了不就會中毒。

1　《王鹿仔仙四界騙》，王時人編作，矮仔財、金塗、歐雲龍、玉惠、白英、文蘭灌音，十吋圓盤，中聲唱片，民國五十四年七月出版。

老闆：明明就要**氣死**我。

員工：頭家呀，那**鐵仔**，就要去打鐵店訂才會有。

老闆：你大概是不想要吃**我的飯**了是不是？

員工：無想吃**你的蛋**，那就用菜給我吃呀。

老闆：**亂來**，越講越亂來。

員工：**亂抬**？不就無照步來。

老闆：決定要把你**辭頭路**。

員工：要**豬頭肚**？那我再把它留下來啦。[2]

　　我們應該都有這種經驗：沒有看歌詞聽歌，自行解讀了歌手演唱的內容；看了歌詞後，才發現和原本以為的不一樣。笑話劇裡面老闆和員工的對話，除了有諧音造成的誤會之外，應該也不難發現員工的裝瘋賣傻。這些劇情的安排，無非都是為了利用語音的誤解來設計出趣味，就像帶有福州腔和鼻音的福州伯，叫賣的包子實在令人卻之不恭：

福州伯（操福州口音）：來喔，包子**甜的包痰，鹹的包屎**。

隔壁太太：老的啊，你聽看嘛，隔壁的包子講**甜的包痰，鹹的包屎**，怎會這樣？

福州伯：是甜的包糖，鹹的包菜啦！[3]

---

2 《三八笑仔讀英語》，歐雲龍、金塗、陳國雄、徐雲娥、謝麗燕、玉惠灌音，龍鳳唱片，十吋唱盤，民國五十六年一月出版。

3 《親家再冤家》，金塗、歐雲龍、玉惠、矮仔福灌音，豪華唱片，十吋唱盤，民國五十七年十月出版。

閱讀摘要

再舉一個戲曲的例子，看看聲音在故事講述時所扮演的角色。

元朝關漢卿知名雜劇《感天動地竇娥冤》的情節廣為人知，講述童養媳竇娥被張驢兒逼婚不成遭誣告，嫁禍她殺害張老，官府將竇娥屈打成招的故事；臨行刑前，竇娥含冤發三願：血不落地全染白練、最熱的夏日三伏天降瑞雪遮住屍首、楚州亢旱三年。這也是後人以「六月飛雪」代表冤情的故事原型。

雜劇第四折中，有段竇娥的鬼魂為了引起注意，屢次推弄燈火，又將冤屈的卷宗放在最上層，終於向父親竇天章訴冤成功的橋段，節錄如下：

（旦望空云）

門神戶尉不放我進去。我是廉訪使竇天章女孩兒，因我屈死，父不知，特來托一夢與他咱。

（魂見哭科）（天章亦哭科，云）

端雲孩兒，你在那裡來？

（旦虛下）（天章醒科，云）

好是奇怪也，老夫恰合眼，夢見端雲孩兒，恰便似在我跟前一般。我再看這文卷咱[4]。

（魂過做弄燈科）（天章）

好奇怪也，我要看文卷，怎生這燈忽明忽滅的。張千也睡著了，我自己剔燈[5]咱。

4　咱：句末語氣詞，相當於「吧」。

5　剔燈：挑燈。

心得寫作

（往東邊剔燈科）（魂番文卷科）（文章）

我剔的這燈明了也，再看幾宗文卷，「一起犯人竇娥藥死公公」，好是奇怪也，這一宗文卷我為頭看過，壓在文卷底下，怎生又在這上頭？幾時問結了的。──還壓在底下，我別看一宗文卷。

（魂弄燈科）（天章）

好是奇怪也。怎生這燈又是半明半暗的？我再自己剔這燈咱。

（做往東邊剔燈科）（魂番文書科）（天章）

我剔的這燈明了。我另拿一宗文卷看咱，「一起犯人竇娥藥死公公」，呸！好是奇怪也，我纔將這文書分明壓在底下，老夫剛剔了這燈，怎生又番在上？莫不是揚州府後廳裡有鬼麼？更無鬼呵，這椿事必有冤枉。將這文卷再壓在底下，我別拿一宗看咱。

（魂弄燈科）（天章）

實是奇怪也。怎生燈又不明了？又這等忽明忽暗的？敢有鬼弄這燈？我再剔一剔去。

（做往東剔燈科）（荒回科）（魂番文卷科）（做撞見科）（天章倚劍科，云）

呸！呸！呸！我說有鬼！兀那鬼魂，老夫是朝廷欽差，帶牌走馬肅政廉訪使。你向前來，一劍揮之兩段。……[6]

如果以小說的寫法，則成為：

竇娥托夢父親竇天章，告知自己冤死，夢中父女齊

---

6 《古名家雜劇》本。

哭，竇天章在夢裡哭喊：「端雲，妳在哪裡？」夢醒後，竇天章回憶方才夢裡好像曾見女兒端雲，思而不解，於是收拾情緒，再看卷宗。

竇娥的鬼魂為引起父親注意，故意推弄燈火。竇天章看著燈火忽明忽滅，心裡好生疑惑，但隨從張千已睡，於是自己走去整理燈蕊；此時，竇娥的鬼魂將卷宗翻回「一起犯人竇娥藥死公公」處。竇天章挑完燈後回座，心想：「這卷我不是已經看過了嗎？」於是將其壓入最下層，再看別卷。此時，竇娥鬼魂又推弄燈火，竇天章不知其故，再去整理燈蕊，竇娥的鬼魂又將卷宗翻回「一起犯人竇娥藥死公公」處。竇天章回座一看大驚：「方才明明已將本卷放入最下層，怎麼又出現在此？難道揚州府後廳有鬼？不對，沒有鬼，但這案必有冤枉。」再將卷宗放到最下層，又改看別卷。

為引起注意，竇娥再將燈火推弄得忽明忽暗，竇天章心中疑惑不已，仍前往挑燈蕊，快速回座時，撞見竇娥鬼魂正在翻弄卷宗，心中大驚；立即拔出配劍，大聲喝斥：「果然有鬼，你這鬼魂聽著，我是配有令牌的朝廷欽差，你快過來，讓我將你一刀兩段！……」

無論以劇本或小說的形式呈現，讀者的腦海中皆能勾勒出畫面，但必須依靠想像；如果將上述的情節加入聲音，產生的效果可能就有全然不同的變化。例如：「魂見哭科」，就是鬼魂作出在哭的動作，「科」描述了視覺感官的動作，但究竟竇娥的冤魂是如何哭泣的？是暗自啜泣？嚎啕大哭？還是無聲落淚？又如竇天章撞見鬼魂後，擎劍喝斥時，究竟是正氣凜然？還是語帶顫抖，舉劍壯膽？兩者的結果可能截然不同，這些，文字的描述沒有交代，我們便無從得知，只能由讀者各自解讀。

因此，我們常常說，聲音是有表情的。

　　屬於男生陽剛的聲音、屬於女生嬌柔的聲音、屬於兒童稚氣的聲音，或屬於小大人幼嫩卻裝成熟的聲音……等等，不同的聲音，背後都有其代表的身分，與相對應的表情。但有時，這也是一種標籤。志玲姐姐招牌的娃娃音是大多數人都能認同的溫柔聲音，然而，如果客服在解釋產品功能的特性時，娃娃音會不會被解讀成太過稚嫩、不夠專業？我們經常容易落入聲音標籤的陷阱中，產生錯誤的判斷。

　　「治世之音安以樂、亂世之音怨以怒、亡國之音哀以思」，從聲音的表情就能辨識不同的時代。相同的時空裡，主人翁聲音表情的差異，也可能營造出截然不同的情境。

　　如同上述雜劇中竇天章面對鬼魂時，聲音表情的差異，正氣凜然的聲音顯示出朝廷官員剛正不阿的勇氣，具有鬼神生畏的形象；但如果是聲帶顫抖、揮劍壯膽，則又是另一種不同的形象。

　　把聲音的表情加入故事中，則成為：

　　竇娥托夢父親竇天章，告知自己冤死，夢中父女齊哭（相擁低聲啜泣），竇天章在夢裡哭喊（聲音急切，充滿無奈）：「端雲，妳在哪裡？」夢醒後，竇天章回憶方才夢裡好像曾見女兒端雲，思而不解，於是收拾情緒，再看卷宗。……

　　……竇天章回座一看大驚（表情狐疑，小聲自言自語）：「方才明明已將本卷放入最下層，怎麼又出現在此？難道揚州府後廳有鬼？（聲音肯定，語調提高，略大聲），不對，沒有鬼，但這案必有冤枉。」……

　　……撞見竇娥鬼魂正在翻弄卷宗，心中大驚；立即拔出配劍（劍出鞘聲），大聲喝斥（表情果決，音量放大，聲音低沉嚴肅）：「果然有鬼，你這鬼魂聽著，我是配有令

牌的朝廷欽差，你快過來，讓我將你一刀兩段！（劍揮動聲）……」

這是一個版本。但如果把聲音的部分都改換另一種方式呈現，整齣戲給觀眾（讀者）的感受就可能大不相同，成了另一個版本。

人類的感官──眼、耳、鼻、舌、身、意，都有其掌管的範圍。我們用眼睛閱讀文字、獲取影像；用耳朵接收聲音，形成最重要的感知系統，我們日常中的行為總是自然而然：看小說、看電影、看報紙、看相聲表演、看網路直播等等，但這些僅只是用眼睛看嗎？再想像沒有畫面的場景：聽相聲、聽戲、聽新聞廣播、聽歌、聽有聲書。有影像時，我們容易忽略聲音的存在。現代人喜歡追劇，有人用眼睛追劇、有人用耳朵追劇、有人用生命追劇；配音員是影視圈裡重要的角色，優秀的聲優對影視作品必有畫龍點睛的效果。外來的電視劇或電影常會搭配本國的配音，習以為常後，人物的角色和聲音就融合成統一的形象，這時如果再換成原始的配音，好像就有種說不出來的奇異感。以周星馳配音為例，只要聽到熟悉的招牌笑聲，即使沒看到畫面，大家都知道是星爺來了。

聲音的形象對生活的影響舉足輕重。我們該如何認知、理解聲音裡的資訊呢？以下提供四項要訣：

1. 專注

相對於視覺而言，眼睛可以閉上，耳朵卻無法關閉；除了把耳朵摀住外，人類無法阻止聲音的傳入，但馬耳東風、充耳不聞這些成語，都說明了人類有時並沒有真正地「聽見」聲音。專注是接受聲音時最重要的步驟，讓自己處於專心聽的狀態裡，聲音就不再只是左耳進、右耳出的雜訊。

2. 化繁為簡，以邏輯分類、記下關鍵字詞

聲音的種類繁多，沒有邏輯的接收，只能讓聲音短暫地停留在記憶的暫存區；為了不要讓重要的聲音、訊息稍縱即逝，平時就可以透過訓練將訊息歸類，分類後的聲音，認知的範圍就會縮小，提升理解的把握度。再將聲音訊息中的關鍵字記下，就能有效的掌握完整的聲音資訊。

3. 融入情境，試圖想像

如果能事先瞭解聲音的主題範圍，就能讓自己預先做好準備，收集腦中與主題有關的資訊，想像對方可能說出的聲音訊息，如此就能加速對聲音資訊的解讀，縮短對聲音訊息反應的時間。

4. 說出來，勇於表達，習慣聽聽自己的聲音

聲音訊息的表現與字數、速率、語調、主題等有關，在接收聲音訊息時，節奏的掌握是重要的因素，同學們應該都見識過這樣的場景：在台下聊天時，聲音自然又宏亮；上台拿麥克風後，聲音卻如同小貓咪。聲音的表達和接收必須與節奏有關，我們經常認為某人台風穩健，事實上只是其掌握了對的節奏，因此平時可以訓練自己習慣自己的聲音，練習語調及速率，清楚的表達自己想傳達的聲音訊息。

我們在觀賞默劇時透過想像理解劇情，但在看直播主蔡阿嘎的影片時，主角的表情和聲音則視為一體的接收，因此，即使只聽到蔡阿嘎的聲音，腦中也自然出現他的表情。將聲音影像化刻印在腦海中，我們將更有意識地掌握聲音資訊，透析聲音的表情。

心 得 寫 作

7.1.2 延伸閱讀

1. Hotdoor，〈全球最靜「無聲密室」/ 最安靜的消音室 the world's quietest room〉，https://hotdoor.blogspot.com/2012/04/worlds-quietest-room.html
2. 李晏如（2019 年 11 月 26 日）。〈現場〉劇本不是在寫文字，而是寫行動：王嘉明 & 簡莉穎對談〉，https://www.openbook.org.tw/article/p-63022
3. 林嗣環，〈口技〉，《虞初新志》。

口技

京中有善口技者。會賓客大宴，於廳事之東北角，施八尺屏障，口技人坐屏障中，一桌、一椅、一扇、一撫尺而已。眾賓團坐。少頃，但聞屏障中撫尺一下，滿坐寂然，無敢譁者。

遙聞深巷中犬吠，便有婦人驚覺欠伸，其夫囈語。既而兒醒，大啼。夫亦醒。婦撫兒乳，兒含乳啼，婦拍而嗚之。又一大兒醒，絮絮不止。當是時，婦手拍兒聲，口中嗚聲，兒含乳啼聲，大兒初醒聲，夫叱大兒聲，一時齊發，眾妙畢備。滿坐賓客無不伸頸，側目，微笑，默嘆，以為妙絕。

未幾，夫齁聲起，婦拍兒亦漸拍漸止。微聞有鼠作作索索，盆器傾側，婦夢中咳嗽。賓客意少舒，稍稍正坐。

忽一人大呼：「火起」，夫起大呼，婦亦起大呼。兩兒齊哭。俄而百千人大呼，百千兒哭，百千犬吠。中間力拉崩倒之聲，火爆聲，呼呼風聲，百千齊作；又夾百千求救聲，曳屋許許聲，搶奪聲，潑水聲。凡所應有，無所不有。雖人有百手，手有百指，不能指其一端；人有百口，口有百舌，不能名其一處也。於是賓客無不變色離席，奮袖出臂，兩股戰戰，幾欲先走。

忽然撫尺一下，羣響畢絕。撤屏視之，一人、一桌、一椅、一扇、一撫尺而已。

7.1.3 習作

班級		姓名		學號		評分	
題目： 找一則你覺得有趣的四格漫畫，配寫一篇語氣生動的聲音稿。